新潮文庫

神戸電鉄殺人事件

西村京太郎著

新潮社版

10874

目次

第一章　神戸異人館……七
第二章　千客万来……四〇
第三章　グエン中尉……七六
第四章　遥か海の彼方で……一一一
第五章　有馬温泉……一四三
第六章　車両の中の死……一七七
第七章　オークションの結末……二三四

神戸電鉄殺人事件

第一章　神戸異人館

I

高田恵一(たかだけいいち)、三十五歳は、いまだに独身である。人に独身の理由を聞かれると、彼は、必ずこういう。

「結婚はしたいと思っているんですが、僕の周りには、結婚相手にふさわしい適当な女性がいないんですよ」

しかし、高田がそういうと、たいていの人が、笑いながら、

「適当な女性がいないって、あなたの周りには、あんなにたくさん、きれいな人がいるじゃないですか？」

と、いうのだ。

たしかに、高田の周りには、いつもきれいな女性がたくさんいる。十代、二十代の若い女の子もいれば、三十代、四十代の熟女もである。

しかし、彼女たちは誰もが、高田から見れば、大事な商品なのである。そして、商品には手をつけないというのが、この仕事に就いて以来の、高田の信念だった。

そんな信念を持ったまま、高田恵一は、芸能事務所ＫＥプロダクションで、十年近くタレントや俳優のマネージャーとして働いてきた。

ＫＥプロダクションは、中堅の芸能プロダクションで、所属タレントに、美人が多いといわれていた。

ただし、高田の、十年間の経験からいうと、美人のタレントになればなるほど、扱いにくい。彼女たちは、小さい頃から自分が美人であることを知り、周りからチヤホヤされてきている。タレントになると、さらにそれに拍車がかかり、どうしてもわがままになってくるからだ、と高田は考えている。

一年ほど前から担当することになった及川（おいかわ）ひとみも、いわゆる美人女優であり、彼女もまた、他の美人女優同様、わがままだった。

始末が悪いことに、彼女自身は、自分のことをわがままだとは少しも思っていない。どこにでもいる普通の人間だと思っているのだ。

マネージャーである高田は、せめて普通の人間らしくしてくれればいいのに、と思っているのだが、そういうわけにはいかない。例えば、翌日の仕事は朝の八時からだというと、突然、及川ひとみは不機嫌になる。

「どうして、そんなに早いの？　私は九時前には起きられない」

と、いい出し、実際に、起きてこないのである。

そうなると、担当するマネージャーは大変だ。六本木にある、彼女の自宅のマンションに迎えに行っても、彼女は、絶対に九時前には起きてこない。それで、仕事に穴をあけてしまったこともある。

そこで、高田は窮余の策として、仕事現場の近くにホテルか旅館の部屋を借りて、前日から、そこに彼女を泊まらせることにした。

所属のKEプロダクションが、そんな余計な経費を、認めてくれるはずはないから、結局、担当マネージャーの高田が身銭を切って、旅館なりホテルなりを、予約するより仕方がなかった。

マネージャーが、それほど苦労をしているのに、及川ひとみは、全くといっていいほど、高田に感謝をしない。それどころか、朝の八時に起こせば、相変わらず、

「朝の仕事はイヤだ。これからは朝早い仕事はしたくない」

と、文句ばかりをいうのである。

もう一つ、高田が悩んでいるのは、及川ひとみの男性関係だった。

及川ひとみは、デビューした十代の頃から大人の色気があるといわれて、そうした声の中で、仕事をしてきた。そのことを、彼女自身、十分に意識していて、資産家の男ばかりを選んで付き合うのだ。

しかし、心配しているとはいえ、高田が、及川ひとみの男性関係で、煩わしい思いをしたことがないのも事実だった。彼女は男に対しては冷たく、最初から利用するつもりで付き合い、一人の男に深入りしようとしないからである。

それでも、高田は長年の経験から、及川ひとみに向かって、時々、忠告した。

「君は、適当にあしらっているつもりかもしれないが、気をつけないと、そのうちに抜き差しならないことになりかねないぞ。だから、そろそろ、男遊びは止めておいたほうがいい」

しかし、高田が、いくら注意しても、及川ひとみの男関係は、なかなか変わらなか

った。依然として彼女は、資産家の男を、適当にあしらい、利用し、楽しんでいた。

ゴールデンウィーク明けの五月十日に来た依頼は、横浜をバックにした写真のモデル仕事だった。人通りの少ないときに写真を撮るため、午前八時には、横浜のみなとみらいに来てほしいというのが、先方からの要望である。

高田が、及川ひとみに、そのことを告げると、当然ながら、

「冗談じゃないわよ。そんな時間に起きられやしない」

と、文句をいう。

そこで、いつものように及川ひとみを、みなとみらい近くのホテルに、前日の五月九日から、泊まらせることにした。

自腹を切るので、高田は、自分の分のホテル代までは出したくない。彼女だけを泊まらせることにした。これもいつもの通りだった。

高田の自宅は、四谷三丁目の中古マンションである。五月十日の早朝、愛車――といっても、中古の軽自動車であるが――を自ら運転して横浜に向かった。

みなとみらい近くのホテルに着いたのは、午前七時半。八時からの仕事には、悠々間に合う時刻である。

ところが、及川ひとみが泊まっているはずの、十五階の部屋をいくらノックしても、返事がなかった。

「いつものことだが、本当にいいかげんな女だな」

ぶつぶつ文句をいいながら、懇意にしている、フロントに頼んで、部屋を開けてもらう。

「及川君、仕事だよ」

彼女の名前を呼びながら、高田は、部屋に入った。

一人で泊まるには広すぎる、ツインルームである。もちろん、彼女一人で泊まるのだから、シングルルームでもいいのだが、そうすると、及川ひとみは必ず、

「シングルの部屋は狭くて、息苦しい」

と拗ね、時には、

「仕事に行きたくない」

と、駄々をこねる。

そのため、高田がリザーブする部屋は、いつもツインルームだった。

何度呼んでも返事がないので、もう一度、高田は大きな声で、及川ひとみの名前を呼んだ。

「誰もいませんね」

部屋を開けてくれたフロント係が、高田に、いった。

たしかに、部屋の中に、及川ひとみの姿はない。

ただ、ベッドの片方が乱れていたから、彼女が昨夜、この部屋で、ベッドを使ったことだけは間違いないようだ。

「しかし、どうして彼女がいないんだ？」

と、高田は、フロント係に、いちゃもんをつけた。

「どうして、といわれましても、こちらのお客さまは、鍵(かぎ)を返却されておりません。鍵を持ったまま、いなくなってしまわれたんですよ。私どもが気づかなくても当然です。ちゃんと、鍵を預けて外出してくだされば、お部屋にいらっしゃらないことは、すぐにわかりますからね。たぶん、夜のうちに、鍵を持ったまま外出してしまわれたんですよ」

と、フロント係が、いう。

高田は、急いで、部屋の中を見回し、フロント係にも、彼女のものが何か残っていないか、調べてもらった。

化粧道具は、そのまま部屋の洗面所に置いてあった。

だが、ハンドバッグがない。携帯もない。第一、部屋の鍵がないのだ。それを見ると、及川ひとみは、昨夜のうちに支度をし、愛用のハンドバッグを持って、その上、部屋の鍵まで持ち出し、ホテルから消えてしまったのだ。

高田はすぐ、会社に電話をした。何か緊急事態でもあって、ロケの予定が変わったか、あるいは、及川ひとみからの伝言が残されていないか、それを確認しようと考えたのである。

しかし、呼び出し音が鳴り続けるだけで、誰も電話に出ない。朝早いこの時間は、まだ誰も出勤してきていないのだ。

仕方なく、留守番電話に、及川ひとみがホテルから消えてしまった旨(むね)を吹き込んだ。そして、次には、及川ひとみの携帯にも電話をかけてみた。

こちらも呼び出し音は鳴るのだが、電話に出る気配は全くない。

高田は辛抱強く、五分、六分と何度となく鳴らし続けたが、相手が出ない状況に、変わりはなかった。

今日の仕事のことを、及川ひとみは、どう思っているのだろうか？　ホテルに前泊しているのだから、まさか忘れてしまったわけではあるまい。朝から鍵を持ったまま出かけたか、それとも、勝手にどこか別の場所に泊まって、午前八時という約束の時間には、一人で、みなとみらいに現れるつもりなのだろうか？

高田は、とにかく、ホテルを出ると、車で、みなとみらいに急いだ。

約束した場所に着くと、今日のスポンサーである大手化粧品会社の名前を、胴体に書いた大型のワゴン車が、すでに到着していた。

スポンサー企業の小暮という担当者は、高田を見つけると、手を振りながら近づいてきた。

「あと五分で、撮影を始めたいんですが、及川ひとみさんは、どちらですか？　もういらっしゃってますか？」

「この場所は、及川ひとみにも、しっかりと伝えてあります。朝の八時までには現地に行くようにと、いってあるんですが、まだ来ていませんか？」

高田は、とぼけて、きいた。

「まだ見えていませんよ。あと五分ですが、大丈夫ですか？　ちゃんと間に合うんでしょうね？」

小暮が、心配そうな顔になって、高田に、きいた。

「今も申し上げたように、ここに八時までに来るようにと、きちんと伝えてありますから、間もなく来るでしょう」

今度は、自分にいい聞かせるように、高田が、いった。

2

しかし、約束の午前八時を過ぎても、及川ひとみは、現れなかった。

仕事相手は、カメラマンとアシスタント、メイク担当、それに、今日のスポンサーである大手化粧品会社から二人、合計五人だったが、肝心の及川ひとみが来ないことに、少しずつ騒ぎ始めた。

「もう十分過ぎましたよ。本当に大丈夫なんでしょうね？」

小暮が、念を押してくる。

「彼女は昨夜、この近くのホテルに一泊しています。仕事に遅れでもしたら、申し訳ありませんからね。今朝になったら、及川ひとみは先に行っているといって、午前七時には一人でホテルを出たんですよ。それにしてもおかしいな。もう到着している時間のはずなのに」

半分は作り話なのだが、高田は、自分の責任になるのがイヤで、そんな嘘をついた。

「何時までに来れば、間に合いますか？」

高田が、きいた。

「そうですね、何とか間に合うのは、ギリギリ八時半です」

と、小暮が、いう。

高田は、少しばかり不安になって、腕時計に目をやった。

そこに、及川ひとみが現れる時間が書いてあるわけではない。ただ、腕時計を見ていれば、相手が何となく納得してくれるのではないかと、思ったからである。

だが、八時半を過ぎても、及川ひとみが来る気配すらない。

「彼女、どうしたんでしょうかね。来ませんね」

小暮が、とがめるような目で、高田に、いった。

こうなると、さらに騒いで見せるより仕方がない。

「ひょっとすると、何かの犯罪に巻込まれたのかもしれません。例えば、誘拐とか。そんな気がしてきました」

と、高田が真剣な表情で、小暮にいった。

「誘拐？　どうして、そんなふうに思うんですか？」

「さっきもいったように、約束の時間に遅れてはいけないと思って、彼女を昨日の夜から、この近くのホテルに泊めていたんですよ。私自身は、他に用事があったので、昨日は東京に帰っていました。そうしたら、夜中に突然、彼女から電話が入りましてね。何だか怖いといって、電話を切ったんです。あの時に、ひょっとすると、誰かが、彼女の部屋に侵入していたのかもしれません。彼女は、年齢のわりには色気があるので、よくストーカーのような輩（やから）に、つきまとわれることがあるんです。もしかすると、そういうことかもしれないので――」

高田は、思いつくままに、でたらめなことをいった。

芝居が功を奏したのか、相手の小暮の表情は、怒りよりも、心配の色が濃いものになっていった。

「それじゃあ、すぐ警察に連絡したほうが、いいんじゃありませんか？」

と、小暮が、いう。

「そうですね。でも、もう少しだけ待ってみましょう。変に騒ぎ立ててしまうと、彼女が逆に、悪役になってしまうので」

と、高田は、さらに、でたらめを重ねた。

そのまま昼を過ぎても、及川ひとみが現れることはなかった。

高田が、もうこれ以上嘘をつくことが面倒くさくなってきた時、小暮が携帯を取り出して、一一〇番に通報してしまった。

止める間もない、素早さだった。

十分もしないうちに、一台のパトカーがサイレンを鳴らしながら、やって来た。パトカーから降りてきた警官が、高田たちに向かって、

「状況を説明して下さい」

と、いった。

(面倒なことになったな)

と思いながらも、こうなると、高田は、芝居の続きをしなければならなくなる。今さら、これまでの話は嘘でした、というわけにはいかない。警察相手だろうと、何だろうと、事件にならないようにすればいいのだ。

「私はＫＥプロダクションという芸能事務所で、マネージャーをやっている高田という者です」

と、高田は、警官に名刺を渡した。

「ウチに、及川ひとみという、女優がいるんですが――」

と、いいかけると、二十代と思える若い警官が、ニッコリして、

「及川ひとみさんなら、よく知っていますよ。正直にいうと、彼女の大ファンです」

と、いう。

「そうですか。ありがとうございます。実は、今日は、朝の八時から、ここで及川ひとみの撮影が予定されていたのですが、朝が早いこともあり、昨夜は彼女を、近くのホテルに泊まらせました。ところが、用事があって、私が東京に帰っているうちに、彼女が姿を消してしまって、今に至るも行方がわからないんです」

高田が、いうと、横から、スポンサー側の一人が、

「何でも、夜中に彼女から、高田さんのところに電話がかかってきて、怖いといったそうなんです」

と、余計なことまで、告げてしまった。

(まずいことになったな。とっさについた嘘が、警察にまで知られるとは)

と、高田は思った。案の定、夜中の電話の話を聞くと、警官は、急に緊張した表情になって、

「そうなると、これは、事件かもしれませんね」

と、いった。

「ええ、そうですよ、誘拐の恐れだって、十分にありますよ」

と、スポンサー側の一人は、不安を助長するようなことをいう。

警官はすぐ反応して、横浜水上警察署に連絡を取り始めた。

（こうなってしまったら、もう引き返すことはできない）

高田は、覚悟を決めた。

パトカーから、もう一人の警官が降りてきた。

及川ひとみの服装を聞いてくる。

高田は、ホテルに着いたときの、及川ひとみの服装を話してから、彼女の写真を警官に渡した。

「それでは、今日、どういう仕事の予定になっていたのか、具体的に教えて下さい」

警官は、身を乗り出してきた。

スポンサー側の二人は、警官に向かって、予定していた仕事の内容を、話し始めた。

その間に、高田は、少し離れた場所まで移動して、新宿にあるKEプロダクションに再度電話をした。今度は、副社長で社長の弟の金田純次（かねだじゅんじ）が、すぐ電話に出た。

「高田です」

と、いってから、

「困ったことが起きました」

「留守番電話をきいたけど、何があったのか、よくわからん」

「実は今、みなとみらいにいるのですが、ここで及川ひとみの撮影が、朝の八時から行われる予定になっていたんです。ところが、彼女が行方不明になってしまって」

と、高田が、いった。

「及川ひとみが行方不明になった？　彼女は、いつだって気まぐれだ。マネージャーの君が、彼女のことを、しっかりコントロールしていたんじゃなかったのか？」

副社長が、叱責（しっせき）する。

「そうなんですが、私が、ほんのわずか、離れていたら、彼女が姿を消してしまったんです。誘拐の恐れがあるので、横浜の警察に来てもらいました」

「誘拐の恐れ？　本当なのか？」

「警察は、その可能性は十分にあるといっています」

「大変なことじゃないか！」

副社長が、電話の向こうで、大声を出した。

「警察には、どう説明したらよいでしょうか？」

「誘拐の恐れがあるといっても、まだ本当に及川ひとみが誘拐された、と決まったわけではないだろう？」

「そうです」

「だったら、騒ぎが大きくならないようにしろ。それから、及川ひとみを、とにかく見つけるんだ」

と、いって、副社長は、電話を切ってしまった。

高田は、急に心配になってきた。スポンサー側の二人には、いい訳めいた嘘をついていたのだが、午後二時になっても、彼女の行方が摑めなかったからである。

高田は、所轄の警官にも、

「とにかく、今のところ、誘拐と決まったわけではなく、いなくなっただけなので、及川ひとみについては、事件にしないで下さい。マスコミに聞かれても、何もいわずに黙っていてほしいのです。騒ぎが大きくなると困りますから」

と、依頼した。

3

高田は、及川ひとみを探しに、六本木にある彼女の自宅マンションに行ってみた。もしかすると、急に体調が悪くなって、自宅に帰って休んでいるかもしれないと、思ったからである。

及川ひとみが住んでいるのは、四十二階建ての超高層マンションだった。一階のエントランスは警戒が厳しい。高田は何回か、このマンションに、及川ひとみを迎えに来て、コンシェルジュとは、すでに顔なじみになっていた。

彼女の部屋は四十二階。最上階の角部屋だ。

高田は、コンシェルジュに、

「及川ひとみを迎えに来たのですが、いくら携帯にかけても、彼女が出ないんですよ。彼女が部屋にいるのか、いないのか、それを確認して貰えませんか？」

と、いった。

コンシェルジュは、四十二階の及川ひとみの部屋に電話をしてくれたが、

「返事がありませんね。お留守なんじゃありませんか？」

と、困惑した。

「実は、今朝から、彼女がどこかに姿を消してしまって、片端から当たっているんですが、一向に見つからないんですよ。ひょっとしたら、具合が悪くなって、部屋で倒れていることも考えられるんです。申し訳ありませんが、彼女の部屋を開けてもらえませんか？」

と、コンシェルジュに頼んだ。

コンシェルジュは、管理事務所に連絡を取り、四十二階に上がると、部屋を開けて

くれた。

一人暮らしにはもったいない、３ＬＤＫの広い部屋である。

高田は、部屋に入った途端に、及川ひとみは、ここにはいないと思った。

彼女は、普段から賑(にぎ)やかなことが好きだが、神経質なところがあるので、コンシェルジュがドアを開けたらすぐに出てきて、大きな声で、何かをいうはずだからである。

コンシェルジュに礼をいってから、高田は一人で、３ＬＤＫの部屋を見て回った。

及川ひとみは、この部屋を買った後、新築にもかかわらず、自分の気に入るようにリフォームした。それだけで三千万円もかかったが、付き合っている男が出してくれたと、自慢していたのである。

そんな彼女の言葉を思い出しながら、高田は、部屋の中を歩いて回った。大理石の玄関、無垢(むく)材を使ったオーダーメイドの家具の数々からは、趣味の良さがうかがえる。

だが、部屋の様子に、これといって変わった点は見られない。

寝室に入ってテーブルの上を見ると、そこに、三種類の写真雑誌が、ページを開けたままの状態で、置かれているのに気がついた。

よく見ると、どのページの写真も、神戸の写真だった。新幹線の新神戸駅、神戸旧居留地、そして、神戸電鉄の写真である。

高田は、三枚の写真に、違和感を覚えた。及川ひとみと、神戸のことを話したことは一度もなかったし、先日、仕事の打ち合わせでここに来た時にも、神戸の写真の載った雑誌など、見かけなかったからである。彼女は、なぜ神戸のページを開けたままにしていたのだろう？

ふいに、携帯が鳴った。

登録のない番号に、一瞬迷った後、高田は、通話ボタンを押した。ひょっとすると、及川ひとみ本人からの電話かもしれないと、思ったからである。

相手は、みなとみらいで仕事をする予定だった、スポンサー側の男だった。及川さんとは、専属モデルの仮契約をしていたが、破棄させて貰うという電話だった。こんな状況では仕方がないと思ったので、すぐ承諾した。

「残念です」

と、高田がいうと、相手も、

「こちらも残念です。ところで、及川さんは神戸がお好きみたいですね」

と、いきなりいった。

「いつだったか、及川さんがひとりで神戸の町を歩いているのを、見かけたことがありますよ」

「本当ですか？」

「あれは、間違いなく及川さんでしたよ。早く見つかるといいですね」

　と、いって、相手は電話を切った。

4

　高田は、社長の金田鋭一に、これまでの経緯を報告したが、社長は、さほど心配しているようには見えなかった。何しろ、及川ひとみという女優は、これまでも気まぐれで通っていたからである。

「あいつのことだ。そのうちに、ケロッとして、電話をしてくるだろう」

　と、金田は、いった。

「そうかもしれませんね」

　と、高田も応じた。

　しかし、翌日になっても、及川ひとみは、自宅マンションにも事務所にも戻ってこなかったし、連絡もなかった。

　社長の金田も、しびれを切らして、

「これは、いつもと違うな。警察に捜索願を出せ」

マネージャーとして、高田は、新宿警察署の生活安全課に行き、行方不明者届の用紙に必要事項を記入し、及川ひとみの写真を三枚付けて提出した。

失踪（しっそう）した当日の、彼女の行動についても説明した。

みなとみらいのときと同じように、まず、及川ひとみの服装を教えた。さらに、五月十日の午前八時から、みなとみらいで、彼女がモデルになっての撮影の仕事が、予定されていたことにも言及した。

「彼女は、朝早く起きるのが苦手なこともあり、前日の九日に、みなとみらいの近くのホテルで一泊させました。そうしないと、仕事に来ないこともあるのです。性格的に、少々でたらめなところがありますので」

そうした説明の後、高田は、その仕事のスポンサーの名前を告げた。大手企業の名前だが、これだけでは不足と感じ、

「もちろん、ウチの事務所は、暴力団とのつながりはありません。ですから、彼女が、何かその筋のトラブルに巻き込まれ、身の危険が迫っていると、考えているわけではないのです。ただ、及川ひとみという女優は、気まぐれな一面があって、仕事が面白くなかったりすると、事務所には無断で、現場を放り出して、いなくなることもある

んです」

　と、付け加えた。

「ということは、今までにも、こんなことがあったんですか？」

　と、刑事が、きく。

「今も申し上げたように、彼女は、気まぐれですから、突然、行方不明になることもありました。でも、すぐに戻ってきました。今回も、いずれ帰ってくるとは思っているんですが」

「及川ひとみさんが、最近、何かに凝っていたということはありませんか？」

「何かといいますと？」

「例えば、旅行です。行き先として、好きな場所が決まっていることは、多いんですよ。及川ひとみさんが、行きたいと思っていた場所に、心当たりはありませんか？」

　刑事の言葉に、高田は、ふと、彼女の自宅マンションの寝室のテーブルの上にあった写真雑誌の、三枚の写真のことを思い出し、

「ひょっとすると、最近、神戸の町に興味を持っていたかもしれません。神戸で、彼女を見かけたという人もいます」

　と、いった。

5

五月十五日、神戸。晴れ。

震災から、見事な復興を遂げた神戸には、最近、高層のマンションが増えてきた。

神戸は港町だから、横浜に、どこか雰囲気が似ている。

まず、坂が多い。横浜の山手にある有名な外国人墓地や西洋館に行くのには、商店街を上っていかなくてはならない。それも、かなり急な坂であるのは有名だ。

神戸も、有名な異人館に行くには、急勾配（こうばい）の坂を上っていかなくてはならない。坂が急なことでは、横浜よりもきつい。

その急峻（きゅうしゅん）な坂の途中に、観光客でいつも賑わっている異人館があった。以前は、イタリア人の持ち物だったのだが、所有者が死亡したため、最近、奥さんが売りに出し、日本人が買った。その日本人の名前は、東京の、高橋久（たかはしきゅう）というＩＴ企業の社長だった。

高橋社長は、もともと関西の生まれだったので、社長の職を息子に譲ったら、その後は好きな神戸で暮らしたいと考えていたという。その矢先、異人館が売りに出されたのを見つけ、さっそく、買ったというわけである。

購入の理由をきかれると、高橋久は、

「以前から、神戸の古い建物に関心があった」

と、答えていたが、これは、半分本当で、半分ウソである。

六十歳の高橋久には、数年前から付き合っている、二十代の若い愛人がいた。もちろん、このことは妻にも息子にも内緒である。その若い愛人が日頃から高橋に、一度でいいから、外国人が建てた古い異人館に住んでみたいと、いっていたのである。

つまりは、愛人との逢(あ)い引きの舞台として、異人館を手に入れたということだ。

高橋は、家の者には、

「神戸に、老後のための家を買った」

と、嘘をつき、三十歳以上も若い愛人を住まわせるつもりだった。

購入の手続きを、神戸市内のホテルで済ませると、その日は、ホテルに一泊し、次の日、東京からやって来る愛人と一緒に、自分のものになった異人館を見に行く予定にしていた。

五月十六日、高橋は東京からホテルに着いた、愛人の秋山由香里(あきやまゆかり)を連れて、異人館に向った。

由香里は、一人で興奮し、はしゃいでいた。今まで欲しいと思っていた、神戸の異人館の一軒を買ってもらい、そこに住むことができるようになったからである。

実際に足を運ぶと、想像以上に急な坂道だった。だが、その坂道さえ、由香里には、嬉しいものとなった。振り返れば、神戸の町が一望でき、坂の上を仰げば、夢に見た異人館が見える。大げさだが、坂の果てに、天国があるようにも思えた。

白を基調とした、明るい装飾の外観は、お伽話の家のようにも見える。太陽の光を反射する、美しい木造建築の鍵を渡された由香里は、ニコニコしながら玄関のドアを開けて、中に入っていった。

異人館の内部は、明るい外観とは反対に、暗く、ひんやりした場所だった。目をこらすと、それまでの持ち主の趣味で、凝った装飾が施されているのが、見て取れた。

応接室には、古い柱時計や人形、コーヒーカップなどが、ガラス棚に、ずらりと並んでいる。持ち主は最初、全てイタリアに持ち帰りたいといっていたそうだが、高橋が、若い愛人のために買い取って、昔のままに並べておいたのである。

「庭には、たしかプールがあったはずよね」

と、由香里が、いい、薄暗い応接室のドアから、庭に出ていった。

庭は、建物よりも一段低く作られていて、木造の回り廊下から、プールに向かって階段がついている。

プールには、水が張られていた。いっぱいになると、自動で止まる仕組みだ。

「やっぱり、プールがあったわ」

由香里は、はしゃいで、回廊の手すりに寄りかかり、プールを見下ろした。瞬間、体を硬直させ、

「きゃあっ」

と、悲鳴をあげた。

小さなプールには、水が半分ほど溜まっていた。その、太陽にきらめく水面に、男と女の死体が浮かんでいたのだ。

駆けつけた高橋のほうは、さすがに、悲鳴をあげなかった。携帯を取り出すと、震える指先で一一〇番をプッシュした。

6

数分して、兵庫県警生田警察署のパトカーが二台と、鑑識の車が到着した。

といっても、現場となった異人館は、勾配の急な坂の途中にあるため、近くの有料駐車場に停めざるをえなかった。刑事と鑑識が、ぞろぞろと家の中に入ってきた。

指揮を執る安藤という警部が、庭のプールを見下ろしながら、高橋に向かって、

「二人の死体が浮かんでいることに、今まで気がつかなかったのですか？」

と、とがめるように、きいた。

高橋は慌てて、自分が、この家をイタリア人から買ったこと、昨日、その手続きを済ませてから、今日初めて、この家の中に入ったことを、必死に説明した。

「この家の持ち主から、あなたがお買いになった？」

安藤は、確認するように、きき直してから、

「この家の売買手続きが終わったのは、昨日の、何時頃ですか？」

と、尋ねた。

「昨日の午前中です。終わったのは、たしか十一時くらいでしたかね。それから今までの間、この家には、誰も入っていないはずなんです。鍵もかかっていましたから」

と、高橋が、いった。

「そうすると、あなたが買ってから、この家には、誰も入ることができなかったのですね？」

「そのはずです。前から欲しいと思っていた異人館が、自分のものになったと喜んで、家内を連れて来てみたら、庭のプールに、男と女の死体が浮かんでいたので、びっく

りしました。それで、すぐ一一〇番したんです」

高橋は、さすがに愛人とはいえず、妻だと嘘をついた。

鑑識の作業が終った後、安藤は、部下の刑事に命じて、男と女の死体をプールから引き揚げて、仰向けにした。

途端に、若い刑事の一人が、

「あ、この女性なら知っていますよ。及川ひとみです。テレビにもよく出ている、有名な女優ですよ」

と、大声を出した。

「彼女なら、私も知っているよ」

安藤が、いった。死体を仰向けにしてすぐ、テレビで見たことのある顔だと、気付いていた。

「こっちの男のほうも、タレントなのかな？　おい、誰か知っている者はいないか？」

と、安藤は、刑事たちの顔を見回した。

五十歳くらいの男の死体である。

問いかけに対して、誰も声を出さなかった。どうやら、タレントではないらしい。

やや太り気味の大きな男である。

今日は暑く、半袖姿がちょうどいいのだが、男の死体は背広姿で、きちんとネクタイも締めていた。

「確認のために、もう一度おききしますが、あなた方が、今日こちらに着いたとき、玄関の鍵は、かかっていたんですね？」

と、安藤が、高橋に、きいた。

「ええ、かかっていましたよ。家内が、受け取った鍵で開けましたから。間違いありません」

「鍵は、いくつあるのですか？」

「全部で三つだと思います。私が一つ、それから家内、三つ目の鍵は、管理を委託した不動産屋が持っています」

と、高橋が答える。

安藤は改めて、プールのある庭と周囲をぐるりと囲むコンクリートの塀を見回した。低い塀である。前の持ち主のイタリア人が、この家を建てた頃は、付近に高い建物は一つもなかったのだろう。

しかし、今は、周りにマンションや教会などの高い建物が建っていて、この低い塀では、目隠しにもならないし、その気になれば、簡単に乗り越えられてしまいそうだ。

新しく、この家を買った高橋は、玄関は間違いなく閉まっていたというが、男三人ぐらいいれば、この低い塀を越えて、二人の死体を庭に運べるだろう。そして、プールに水を入れながら、死体を浮かべるのも、難しくはない。

安藤は、部下の刑事たちに命じ、男女の所持品を集めさせた。どちらも、所持品の中に、携帯電話はなかったが、身分証明書や名刺を持っていた。

女が持っていた名刺には、さっき若い刑事が驚きの声をあげたように、及川ひとみという名前と、所属しているＫＥプロダクションの住所と電話番号が印刷されていた。男の名刺には、永井清太郎という名前と、京都市東山区の住所と電話番号が刷ってあった。

安藤はまず、女の名刺にあった電話番号に連絡してみた。

ＫＥプロダクションに電話がつながり、及川ひとみの件でと話すと、電話の向こうで、男の声が、

「探していたんですよ。これからすぐ、そちらに向かいますから、彼女には、そこを動かないで、私が行くまで待っているように、いって下さい」

「実は、及川ひとみさんは、ある家の庭にあるプールで、亡くなっていたのです。死因は、これから司法解剖をしてみないとわかりませんが」

と、安藤が、いった。

途端に、男は息を呑んだ。数秒の沈黙の後で、

「死んでいたのは、本当に、ウチの及川ひとみですか？　彼女に間違いありませんか？」

と、確認した。

「間違いないと思います。及川ひとみさんの名刺が数枚、ケースに入っていましたし、ハンドバッグにも、ＨＯとありました。ウチの若手の刑事も、女優の及川ひとみだといっています」

「そうですか。それでは、ウチの及川ひとみでしょう。これからすぐ神戸に行きます」

安藤が、他にいろいろときこうと思っているうちに、相手は電話を切ってしまった。

今の男は、どうやらマネージャーらしかったし、よほどショックだったのだろうと、安藤は、勝手に想像した。

次は、死んでいた男のほうである。

名刺には、自宅の他に、会社と思われる電話番号が載っていたので、安藤は、まずそこに電話をかけてみた。

受付と思われる女の声が聞こえた。

「永井光業でございます」

「そちらの社長さんは、永井清太郎さんですか？」

「ええ、そうでございますが、永井にご用でしょうか？」

「それでは、秘書の方に繋(つな)いでいただけますか？」

と、安藤が、いった。

男の声に代わってはじめて、安藤は、自分が兵庫県警の刑事であることを告げた。そして、

「先ほど、神戸の異人館のプールで、お宅の社長の永井清太郎さんと思われる男性が亡くなっているのが発見されました。すぐに、どなたか永井社長のことをよくご存じの方に、こちらに来ていただいて、遺体の確認をしていただきたいのですが」

と、いった。

一時間ほどすると、京都の永井光業から、社長の秘書が到着した。三浦(みうら)という男である。

死体を一目見るなり、三浦秘書は、あっさりと、

「間違いありません。ウチの社長の永井清太郎です」

と、肯(うなず)いた。

第二章　千客万来

1

マネージャーの高田恵一は、生田警察署の刑事から、簡単な事情聴取を受けた。

刑事は、高田から聞きたいことがいろいろとあったようだが、高田のほうには、しゃべることが何一つなかった。

何しろ、自分が担当している女優の及川ひとみが、どうして神戸の異人館で死んでいたのか？　それも、異人館のプールの中で、高田が会ったこともない中年の男と、まるで心中をしたかのようにして死んでいたのか？　そうしたことがまったく分からないのである。

事情聴取に対して、高田が分からない、分からないと繰り返すので、訊問に当たった刑事も呆れ顔をしていた。

警察から事情を聞かれる前に、所属するＫＥプロダクションの社長から、あまり詳しいことは話すなと、クギを刺されていたのだが、いわれなくても、高田には、もともと話すことがなかったのである。なぜ、及川ひとみが、東京あるいは横浜ではなくて、神戸の、それも異人館のプールの中で死んでいたのか、高田の方が教えてもらいたいくらいだ。

何もかも明らかにされないままに、事情聴取が終わってしまった。さすがに、安藤警部は皮肉を込めて、

「芸能事務所のマネージャーというのは、担当している女優のことを、何も知らないのですね」

と、いった。

抗弁することもできず、高田は、東京に帰った。

翌朝、新聞を広げると、各紙とも、今回の及川ひとみの事件を大きく扱っている。

特にスポーツ新聞の扱いが、一際大きかった。神戸というモダンな町で、それも異人館のプールで男と死んでいた、あるいは殺されていたという状況が、ことさら芸能記者たちの興味を引いたのだろう。

東京に帰ってからも、高田は、芸能記者たちに追いかけ回された。彼らの質問は決まっていた。

及川ひとみと一緒に死んでいた男は、いったいどこの誰なのか？　どうして、彼女が神戸の異人館のプールで死んでいたのか？　及川ひとみと神戸とに、どんな関係があったのか？

さらに、問題の異人館は、現在、東京のＩＴ企業の社長、高橋久が所有していて、たまたま、自分の愛人、秋山由香里を連れていった時、二人の死体を発見したのである。この高橋久や秋山由香里と、及川ひとみとは、どんな関係なのか？　当然、その点も知りたいのだろう。

だが、高田は、何を聞かれても答えようがないのである。東京でも、記者たちにしゃべることが何もなかったから、逃げ回っているのである。

そのうちに、芸能記者たちも、高田が演技で何も知らないふりをしているのではなく、本当に何も知らないことに気がついて、追い回すのを止めてしまった。

その間、高田はずっと、ＫＥプロダクションの中で身をかくしていたのだが、事件から二日経った時、突然、知らない男から、高田恵一を名指しで、電話がかかってきた。

社長も、今回の事件について、高田が何も知らないことを分かっていたが、この時ばかりは、

「向こうは、お前を名指しで電話してきたんだ。どんな用件か聞いてみろ。容子によっては、私もお前も、事件の容疑者にされてしまうかもしれないぞ」

と、高田を脅かした。

そんな馬鹿なことがあるか、と内心で嗤いながらも、高田が電話にでると、中年の男の声である。落ち着いた口調で、

「及川ひとみさんのマネージャー、高田さんですよね？」

と、きく。

社長が、じっとこちらを見ているので、誤魔化すわけにもいかず、

「確かに、及川ひとみのマネージャー、高田です」

と、答えた。

「いろいろと記者たちに追いかけ回されて、大変でしたね。しかし、ここにきて、少

しは落ち着かれたんじゃありませんか？」

と、相手は、いやに優しい。

「まだ、そこまでは沈静化していません。ご用件は？」

「及川ひとみさんは、六本木のタワーマンションに住んでいましたね？　四十二階の部屋です」

「たしかに、あのマンションに住んでいましたが……。なぜご存じで？」

と、高田が、きく。

「これから私と、その部屋に行ってほしいのですよ」

「失礼ですが、あなたは、及川ひとみと、どんなご関係ですか？」

高田は、だんだん混乱してきた。

「簡単にいえば、あの部屋の権利を、半分持っている者です。及川さんがあの部屋を購入する時、私は彼女に頼まれて、半分の二億円を出資しています。私は海外に行っていて、あのマンションには、それ以降、一度も行ったことがないんですがね。私のいっていることは、ウソではありません。マンションの権利関係を調べていただければ、お分かりになるはずです。しかし、私は彼女と一緒に住むつもりは全くなくて、ただ、及川さんにあげるつもりで、出資していただけなんです。海外生活が長くなって、あの部屋の鍵も、どこかに無くしてしまいました。ですから、お手数ですが、これから一緒に行って頂きたいのですよ」

高田が、名前を聞くと、永田慶介だという。この名前を聞くのも、高田は初めてのことだった。

高田は、いったん電話を切って、タワーマンションの登記事項証明書や、契約書を調べてみることにした。及川ひとみが、自宅に置いておくのも心配だというので、合い鍵と一緒に、会社の金庫で預っていたのである。

及川ひとみは、マンションの四二〇五号室を持っている。販売価格は、三億九千万円、約四億円だった。昨今の住宅事情で買ったら、もっと高値がつくかもしれない。

登記を調べてみると、たしかに、権利の半分は永田慶介にあった。さらに、支払い関係も調べると、購入金額の約二億円を及川ひとみが支払い、残りを永田慶介が払っていた。及川ひとみが購入したのは、二年前。今まで、高田は、彼女一人の名義になっていると思い込んでいたのだった。

権利関係の確認が終わった頃、待っていたように、永田慶介が電話をかけてきた。

「どうですか、私のいっていることがウソではないと分かりましたか？　納得されたら、これから一緒に、あのマンションに行っていただけませんか？　別に、あの部屋を、どうこうするつもりはありません。及川さんに頼まれて、二億円を用立てた時から、あのマンションは、及川さんに差し上げたつもりですから、今さら権利について、あれこれいうつもりはありません」

と、永田が、いった。

2

高田は、永田の電話の内容を報告した。

社長は、話を聞いても、格別驚いてはいなかった。

「及川が、あの部屋は、自分一人で買ったのではない、自分に好意を持つ大会社の社長が半分出してくれた、みたいなことをいっていたのを覚えているから、おそらく本当の話だろう。これから永田慶介という男に会ってこい。あの部屋の権利がどうなるか、心配だからな。向こうの手の内を探ってみてくれ。絶対に油断するなよ」

高田が六本木のマンションに着くと、地下駐車場で及川の名義になっている場所に、真新しい真っ赤なベンツが停まっていた。品川ナンバーで、誰も乗っていなかった。

そのまま、高田がマンション一階のエントランスに入っていくと、そこに、五十歳くらいの男が、秘書と思える二十代の若い女性と話をしながら、高田が来るのを待ちうけていた。

高田が名刺を差し出すと、相手は受け取りながら、

「失礼ながら、名刺は持っていません。そもそも、名刺などという紙キレは、昔から信用しない質（たち）でしてね。いくらでも誤魔化せてしまうでしょう？」

と、いい、永田慶介と書かれた運転免許証を、高田に見せてくれた。

高田は、コンシェルジュに、四十二階の及川ひとみの部屋に行くことを告げてから、永田慶介と女性秘書と、エレベーターに乗った。

「永田さんは、亡（な）くなった及川ひとみとは、どんなご関係ですか？」

高田は、何よりも、そのことが知りたかったのだ。

「そうですね。及川ひとみという女優が好きで、彼女がマンションを買う時、少しばかり助けた。それだけの関係ですよ」

と、永田が、いう。

「私は、及川ひとみのマネジメントを一年間やっているんですが、実を言うと、一度も、彼女の口から、永田さんの名前を聞いたことはないんですが」

「それは当然でしょう。私は及川さんのことが好きで、彼女の才能を買っていました

が、余計なことをして、邪魔になってはいけないと願っていました。だから常々、私の名前は、絶対に出してはいけないと、いっておいたんですよ」

と、永田が、微笑する。

四十二階でエレベーターを降り、高田が四二〇五号室のドアを開け、部屋に入った。リビングルームに入ると、永田は、伸びをする格好で、部屋を見回した。

「このマンションの中を見るのは、今日が二度目なんですよ。二年前に、及川ひとみが、この部屋を購入した時に、見ただけなんです。その後、彼女から、自分の趣味で部屋の内装を変えたと聞いたんですが、たしかに彼女には、そういう才能がありますね。前より、はるかによくなっている」

と、永田がいった。そして、真剣な顔をみせ、

「申し訳ないが、一時間だけ、部屋から出ていてくれませんか？　この部屋の権利を、私が半分持っているということは、絶対に誰にもいいませんし、今後この部屋を使う気もありません。これくらいの部屋なら、都内だけでも、三つ持っていますからね。ただ、一時間だけ、部屋を見て回りたいんですよ。それが済んだら、おとなしく退散します」

半分の権利を持っている永田慶介がそういうので、高田は、二つ持ってきた鍵の一

つを渡して、

「一時間経ったら、来ます」

と、いった。

3

永田が部屋を見ている間、高田は、マンションの近くにある「ウイング」という模型店で、時間を潰すことにした。

高田の趣味の一つが、古いプロペラ機の模型を集めることである。この「ウイング」という店に、たびたび顔を出して、オーナーと話をしながら、新しく入ったモデルを観賞するのが楽しみだった。模型店といっても、プラモデルだけではなく、テーブルの上に置いて眺めて楽しむデスクトップという木製の模型から、実際の飛行機と全く同じ造りの、ミュージアムに飾られるぐらい精密な模型まで売っている店である。

高田のほかに客の姿はなく、オーナーの工藤がコーヒーを淹れてくれた。

「今日は、どういう用で見えたんですか？　及川さんが亡くなって、大変なんでしょう？」

アメリカ空軍のジャンパーを着たオーナーが、高田に同情してくれた。

「実は今、彼女が二年前に、あのマンションを買った時に経済的に援助したという人が来ていましてね。一時間だけ、ゆっくり部屋が見たいというので、外してきたんです。及川ひとみぐらいの有名な女優になると、時々、私の知らない人間が出てきて、いろいろと大変ですよ」

及川ひとみも飛行機の模型は好きで、特に自家用ジェットがお気に入りだった。アメリカ製の十人乗りのジェット機の模型を、この店で買ったこともある。あのデスクトップは、彼女の寝室に飾ってある筈だった。

今年から来年にかけて就航する新しいジェット旅客機の話をしたり、太平洋戦争で活躍した戦闘機の模型を見たりしているうちに、時間が経った。

「また来ますよ」

と、いって、高田は「ウイング」を出るとマンションに戻り、もう一度、四十二階に上がっていった。

部屋に入っていくと、女性秘書はいたが、永田慶介の姿はなかった。

「社長は急用ができて、一足先に失礼しました」

高田は念のために、彼女の名刺をもらっておくことにした。この後、永田慶介に連絡を取ることになった時のためである。秘書は、さすがに名刺を持っていた。

もらった名刺には、石川亜紀(いしかわあき)とあった。

「永田さんは、どういう仕事をやっておられるんですか？」

もらったばかりの名刺を見ながら、高田が、きいた。

「簡単に申し上げれば、永田ファンドのCEOです」

「ファンドというと、出資者から金を集めて、その金を運用して利益をあげる、あのファンドですか？」

「ええ、永田ファンドといえば、その世界では、かなり有名です」

「どのくらいの金額を、永田さんは動かしているんですか？」

「詳しい金額は、秘書の私にもよく分かりませんが、五百億円から六百億円くらいじゃないでしょうか？」

と、いって、亜紀が笑った。

「もう用事が済みましたから、私も失礼することにします。今日は、いろいろとお世話になりました」

と、亜紀が、いった。

「永田さんは、これからも時々、このマンションに来られるつもりなんでしょうか？」

「それは、私には分かりません。忙しい人なので、そうひんぱんに顔を出すことはないと思いますよ。それから、永田が、高田さんにくれぐれもよろしく伝えてくれと、申しておりました。それでは失礼致します」

それだけいって、石川亜紀は帰って行った。

高田は、石川亜紀を見送ると、部屋に残った。

永田慶介という男は、二年前に及川ひとみが、このマンションを買った時、半分の二億円を出したといっていた。そんな資産家が、部屋にあるものを盗むはずはないとは思うが、念のため、一回り見ておこうと思ったのである。

高田は一年間、及川ひとみのマネージャーをやっていたから、彼女の持ち物、特に、彼女が大事にしているものについては、よく知っていた。それを確認するつもりだった。

部屋を回り、最後に寝室に入った。

カーテンを開ける。

急に明るくなった寝室を見回して、高田は、あれっと思った。

ベッドの横におかれたテーブル、そこには、あの「ウイング」で買った、自家用ジェット機のデスクトップがあったはずだ。たしか五万円ぐらいの値段のものだが、彼女自身が買ったものではなかった。誰かに贈って貰ったのだろうが、彼女は、その模型が好きで、わざわざ寝室に飾っておくのだときいていた。

ところが、その模型が消えてしまっているのだ。

高田は、その模型が、いつまで寝室にあったのか、覚えていなかった。たしか今年の正月には間違いなく、あったはずである。及川ひとみが、将来、ホンモノの自家用ジェット機を買って、それで世界中を回りたいと、話していたのを覚えているからだ。

高田は会社に戻る途中で、もう一度、模型店「ウイング」に寄った。

「及川ひとみが、自家用ジェット機の模型を気に入って、それを買って持っていたことは、オーナーも覚えているでしょう？　あの模型は、及川ひとみ本人が買ったものですか、それとも、誰かから贈られたものですか？」

高田がきくと、オーナーは笑って、

「名前はきいていませんが、二回とも、男性が、彼女にプレゼントしたものですよ」

「二回って？　私は一機しか見ていないんですが、彼女、同じものを二機も買ったんですか？」

「いや、最初にデスクトップの四万五千円のものを、お買い上げいただきました。親しい男性からの贈り物です。それが今年の正月に、もっと高価なものがあると聞いて、すぐ取り寄せてほしいといわれたんですよ。ですから、最初の模型を引き取って、大変高価なデスクトップとお取りかえしています。代金は、あとで振り込まれてきましたが、これも、どなたか親しい男性から贈ってもらったのだと思います」

と、いう。

「違う機種ですか？」

「いや、全く同じ機種ですよ。ですから、ちょっと見ただけでは、別のものだとは分からないかもしれません」

「その二回目に購入した模型は、かなり高価なものですか？」

「純金や宝石がふんだんに使ってあって、一千万円はするものです」

「一千万円？　本当ですか？」

「ええ、本当ですよ」

及川ひとみも話してくれなかったし、全く知らない話だった。買い換えたという高価なデスクトップを手に取ってみたこともなく、高田は、今でもずっと最初に買ったデスクトップが、寝室に飾られているとばかり思っていた。

「どちらもアメリカに本社のあるメーカーのものです。工場は香港（ホンコン）にあり、そこで造られたんですが、一千万円の特注品については、ほとんどの人が知らなかったと思いますね。及川さんが、どうして知っていたのかは分かりませんが、本当に飛行機が好きなんだなと思ったものです。とにかく、一千万円もする高価な模型を、男に買わせたんですから、及川さんは、大した人ですよ」

ウイングのオーナーは、変な誉め方をした。

「もう一度ききますが、一千万円といいましたね？」

「多くの部分に純金や宝石が使われているという理由だけではなく、最近の円安もあり、それぐらいの値段になってしまうんですよ。なのに、わざと地味な色に塗っているので、知らない人は、四万五千円の普及品と同じだとしか思えないでしょうね。一千万円もかけて、普及品に見せているんですから、変な人たちですよ」

と、いって、オーナーが笑った。

「誰が彼女に贈ったのか分かりませんか？」

と、高田が、きいた。

「名前までは分かりませんね。ウチは注文を受けて、アメリカの会社を通じて、香港の工場で作らせ、それを及川さんにお渡ししただけですから。受け取り先は及川さんでしたので」

「彼女が自分で買ったということはありませんか？」

「その可能性もあるでしょうが、彼女自身が、自分では、こんな高いものは買えない、プレゼントしてもらったといって、喜んでいました。誰かが金を出したことは、間違いないと思いますよ」

「ところで、ご主人は、永田ファンドというのを知っていますか？」

と、高田は聞いてみた。

「ファンドというと、たくさんの人からお金を集めて、投資するやつでしょう？」

「ええ、そうです」

「私も一度だけですが、友人からファンドに参加しないかと誘われたことがあるんですよ。やってみようかなと思って話を聞いてみると、儲かるかもしれないが、損をするかもしれないといわれましてね。そんな冒険はムリだと思って止めました」

永田について、水を向けたが知らないようだった。

高田は、会話を切り上げると、会社に戻った。社長には、永田慶介も秘書の石川亜紀も、ただ部屋を見るだけ見て帰ってしまったと報告して、純金の自家用ジェット機の模型の話は黙っておくことにした。

高田は別に、事務所の社長に恨みがあるわけでも、不満があるわけでもなかった。

ただ、今回の及川ひとみの件については、少しは自分も秘密を握っていていいだろうと思ったのだ。

ところが、その秘密が増えていくのである。

4

次の日、今度は渡辺(わたなべ)かなえという中年の女性が、会社を訪ねてきた。

華やかな和服姿で、こちらは男の秘書を従えてやってきた。

高田に面会を求めてきたため、会うと、いきなり、

「及川ひとみさんが住んでいたマンションに案内してほしいの」

と、いう。

当然、高田は、

「失礼ですが、亡くなった及川ひとみとは、どういうご関係ですか？」

と、きいた。

「そうね、どういうふうにいったらいいかしら」

と、いって、渡辺かなえは、視線を宙に泳がせていたが、

「彼女の心の先生、といったらいいのかしら。私が占った通りに芸能界で生きてきたから、及川ひとみさんは成功できたんですよ。最後になって、私のサジェスチョンを聞かなかったから、あんなことになってしまいましたけどね。でも、亡くなった後が大変なんですよ。きちんと、手当てをしておかないと、彼女の未練が残って、関係のあった人に祟(たた)るんです。だから、これから、彼女の部屋を見せていただきたいの。もし、その部屋に、彼女の気持ちが残っていたら、あなたや会社が悲惨な末期(まつご)を迎えるかもしれません……」

「心の先生とおっしゃいますが、私は、及川ひとみから、あなたのお名前を聞いたことがないのですが」

「そんなこと、当たり前よ」

渡辺かなえの声が、きつくなった。

「私は、何人もの有名人に精神面のアドバイスをして、生き方をお教えしているんですけどね。私の名前は絶対に出さないでほしいと、いつもいっているのよ。だから、マネージャーのあなたが私の名前を知らなくて、当然なんですよ」

高田には、目の前にいる渡辺かなえという中年の女性を、どう扱っていいのか分からなかった。困り果てて、社長に話を持っていくと、

「そういう女性は、いろいろと厄介で、あとがうるさいから、いわれた通りに部屋を見せてやれ」

と、いわれた。

渡辺かなえが乗ってきたのは、最新型のベンツである。高田もその車に同乗し、六本木のマンションに案内すると、渡辺かなえは、秘書の男と一緒に部屋に入るなり、高田にいった。

「一時間ほど、私を一人にしていただきたいの。誠心誠意、部屋を調べて、及川さんの霊がまだ迷ってここにいたら、優しく話しかけて、成仏するように導いておきますから」

（また一時間か）

と、思いながら、高田は、部屋の鍵を、渡辺かなえに渡した。不用心だとも考えたが、先ほど社長に「いわれた通りに部屋を見せてやれ」といわれていたからだった。

そのあと、前日と同じように、模型店「ウイング」に行って時間を潰すことにした。

「ウイング」のオーナーは、高田の顔を見るなり、話しかけてきた。

「例の一千万円の黄金のジェット機なんですけどね」

「無理ですよ。私には、そんな高いものは買えませんからね」

「いや、今、純金の値段が上がっているんです。それで、純金と宝石で作ったジェット機ですけど、アメリカに電話をして確認したところ、今では二倍の、二千万円の値がついているそうですよ」

「二倍ですか」

と、いいながら、高田は、永田慶介の顔を思い出していた。

買ってやった時より値上りし、二千万円の値打ちが出たので、高田に黙って、問題のジェット機の模型を持ち去ったのだろうか？

しかし、永田は、マンションを買う時、二億円の援助をした男である。そんな男が、二千万円の為（ため）に窃盗を働くだろうか？

高田には、そんな理由で永田がジェット機の模型を持ち去ったとは、どうしても思えなかった。

そんな話の後、及川ひとみが神戸の異人館で死んでいたことが、自然と二人の間で話題にのぼった。

「及川さんは、神戸の異人館が好きだったんですか？」

「事件のあと、よく聞かれるのですが、彼女と神戸の話をしたことはありません」

「仕事で、神戸に行ったこともないんですか？」

「仕事では二、三度、一緒に行っていますよ。ただ、異人館を一緒に見たことはありません。彼女が異人館に興味があったとすれば、私とではなく、ほかの人と行っていたかもしれませんね」

「そういえば、来週、及川さんの告別式が、青山であるそうですね？」

「そうです」

「私も店を抜けて、参列させていただきますよ」

と、オーナーは、いった。

一時間が経ち、高田がマンションに戻ると、渡辺かなえたちは、ちょうど帰ろうとしているところだった。

「部屋の間取りなど、悪くありませんでしたから、及川さんの名前に傷がつくことはありませんよ。安心してください」

と、渡辺かなえが、高笑いを残して、帰っていった。

二人が帰った後、高田は急いで、部屋の中を調べた。

丹念に調べていくと、寝室の壁に埋められていた金庫の扉が開けられていることに気がついた。

もともと、その金庫には、当座の現金やキャッシュカード、パスポートくらいしか入れていないと聞いていた。

それ以外は、彼女が十代の頃に集めていたという妙な小物、小さな人形とか、安物のネックレスとか、あるいは手帳といった昔の思い出を、小さな手持ちの金庫に入れて、さらに、それをより大きなこの金庫にしまっていたのだ。その手持ちの金庫が、なくなっているのである。

高田は急いで、渡辺かなえからきいた携帯に電話をかけてみた。一緒に来た佐藤雅之という男の秘書が出た。

「間違っていたらお許しいただきたいのですが、こちらのマンションの部屋から何か持ち出しましたか？　寝室の金庫に入っていたはずの、及川の十代の頃の思い出の品々が入っている、手持ちの金庫がなくなっておりまして」

（たぶん、否定するだろう）

と、勘ぐっていたのだが、意外にも、

「ええ、持ってきました。渡辺先生がおっしゃるには、十代の思い出が、死後の及川ひとみさんを傷つけてしまう。だから、いったん持ち帰って、お祓いを済ませた後でお返しする、とのことです。実は、生前、及川さんは先生に、十代の頃のことを考えていると、胸が苦しくなるので、見て下さい、とおっしゃっていたんです。先生は、そのことも気になさっていたんです。とにかく、一週間後には間違いなく、お返し致します」

と、佐藤秘書が認めた。

「十代の頃の思い出の品が、死後の彼女に祟るんですか？」

「ええ、先生は、そのようにおっしゃっていました。渡辺先生は、この世界ではナンバーワンの方ですから、安心してこちらに預けてください」

そういって、佐藤秘書は、一方的に電話を切ってしまった。

さらに翌日、今度は私立探偵の名刺を持った男が会社を訪ねてきた。

名刺にあった名前は、持田大介（もちだだいすけ）である。

高田が応対すると、持田は、

「私はひとりで私立探偵をやっていますが、亡くなる前の及川ひとみさんから、ある調査を依頼されたんですよ」

「彼女から、どんなことを頼まれていたんですか？」

高田は、及川ひとみが私立探偵を雇って、何かを調べさせていたことなど、全く知らなかった。

「依頼主の及川さんが亡くなっているし、個人情報の問題もあるから、具体的にどんな調査だったのか、今はお答えできませんねぇ」

「それなら、いったい何の用があって、いらしたんですか?」

と、高田が、きいた。

「及川さんが住んでいた六本木のマンションに、一度だけ、お伺いしたことがあるんですよ。そこで調査の依頼をされましたから。もう一度、部屋を見せてくれませんかねぇ」

「ですから、何のために?」

と、高田は、再びきいた。

ここ三日間、高田は、少しばかり苛立っていた。自分の知らない及川ひとみの関係者が次々に現れ、勝手なことをいう。まるで自分ひとりが、疎外されているような気になっていたからである。

「だから、いったじゃないですか。個人情報に関係するから、詳しくはお話しできないって。でも、まあ確かに、疑問に思うのも当然か。よろしい。少しだけ教えると、及川さんは、あのマンションの部屋で、大切にしていたものを盗まれたんですよ。それを何とかして探し出し、誰が何のために盗み出したのか、探ってほしいと頼んできたわけです。本来、依頼内容を話すのはタブーなんですよ? 高田さんがあんまりお聞きになるから、少しだけお話ししましたけどね。マンションに案内していただければ、もう少し詳しいことも話すし、肝心の調査がどうなったのかも、お教えできると思いますが、どうします？」

と、小出しに、話を切り出してきた。

礼儀を知らない態度に苛立ちつつも、高田が、社長に話をすると、

「またか。今度は私立探偵だって？　お前、マネージャーとして、ちゃんと彼女のことを知っていたのか？　それにしても、私立探偵に依頼していたとは、私も知らなかった。とにかく、マンションまで連れて行って、もっと詳しい話を聞いてこい」

と、命じられた。しぶしぶ、タクシーで、持田大介を六本木まで連れていくことになった。

前の二回と同じように、四十二階に案内して、持田大介を部屋に招じ入れた。

すると、持田が、またも同じことをいった。

「しばらく私を、一人にしてもらえません？　そうだなあ、一時間ほど。私が調査依頼を受けた件は、及川ひとみさんの名前を傷つけることになるか、もっと偉大な女優になるか、二つに一つの依頼だったんですよ。一人で集中して、調査依頼を受けたときの気持ちになりたいんでね」

と、持田が、白い歯を見せた。

拒否するのも、詮索するのも、もはや面倒くさくて、高田はまた、模型店「ウイング」に行き、時間を潰すことにした。

「ウイング」のオーナーは、高田の顔を見て、ニッコリした。

「ここのところ、毎日のようにいらっしゃいますね。それに、何だか、お疲れのようだ」

「実は、彼女のマンションを見せてくれ、という人間が、あとからあとから現れるんですよ。おそらく、彼女のファンか何かだと思うんですが、いちいち対応しなくてはいけないから、面倒くさくてかなわない。本当は全部断りたいのに、うちの社長が見せてあげなさいというから、また見せにきたんですがね」

「高田さんが立ち会わなくてもいいのですか？」

「とにかく一人にしてくれというので、仕方なく、こちらに避難してきているんですよ」

ただ、今回は調べものが終わったら、携帯に連絡してほしいと、持田には言い含めておいた。

帰る時には何か持っていくのか、それとも、何も持っていかないのかを、その時点で知りたいと思ったのである。

一時間ほどして、高田の携帯が鳴った。持田だ。

「調査が終わりましたので、帰りたいと思います。部屋の鍵をお返ししますよ」

「分かりました。すぐそちらに行きますから、待っていてください」

高田が四十二階まで上がっていくと、持田は部屋の前にいた。

「もし何か持っていくのでしたら、きちんと申告してください。この部屋にあるものは、全て及川ひとみ個人のものですから」

「部屋の中は見せていただきましたが、持ち出すものなんてないですよ？　泥棒じゃあるまいし」

「なら、身体検査をしても構いませんね？　何しろ、あなたとは今日会ったばかりですし。こちらも、ああそうですか、とは頷けません」

高田は、強引に、相手のポケットなどを探った。

しかし、出てきたのは携帯電話だけだった。それを使って写真くらいは撮れるが、何かを持ち出したようには思えなかった。

「それで、及川ひとみが、あなたに依頼したという調査は、どんなものだったのですか？」

と、高田がきくと、持田は笑って、

「もう少し、調査してからでないと、お教えできませんね」

と、いった。

それ以上、問い詰めるのも面倒になって、高田は、一階のエントランスまで持田を送って、別れた。

一時間、あの自称私立探偵は、四十二階の部屋にいた。物は持ち出していないが、部屋の中で何をしていたのかまでは分からない。何が目的だったのだろうか。死んでからも、マネージャーを振り回す、及川ひとみに対して、文句を言いたくなった。

さらに二日すると、またもや来訪者があった。今度は、都内のS大学の准教授を自称する五十前後の男だった。

まず名刺を高田に渡した。都内のS大の歴史学准教授とあり、名前は白石英司とある。

「何のご用でしょう？」

と、高田が、きくと、白石は、いきなり、

「二日前に、私立探偵を自称する男が、訪ねてきたんじゃありませんか？」

と、いった。

「たしかに持田と名乗る、私立探偵が訪ねてきました」

「そいつは私立探偵なんかじゃありませんよ。ニセモノです」

「え！ でも、たしかに私立探偵の名刺を持っていましたが」

「日本には、私立探偵の免許などというものはないんです。誰だって私立探偵を自称することができるんですよ。名刺なんか、勝手に作れます。私だって名乗れますよ？ところで、持田は、何か持ち出したのではありませんか？」

「いや、何も持ち出してはいません。身体検査をしましたからね。ただ、携帯電話を持っていましたから、マンションの中を写真に撮ったかもしれません」

と、高田が、いうと、白石は、

「う～ん」

と、唸ってから、

「持田を部屋に入れてしまったのは、まずかったですね」

「どうしてですか？」

「あいつは、人の秘密を嗅ぎつけては、その秘密をちらつかせて相手を強請るんですよ。そういう男です。何か強請られるネタになりそうなものが見つかっていなければいいんですけどね」

「ところで、白石さんは、何のご用でいらっしゃったのですか？」

と、高田が、きいた。

「私にも、そのマンションの部屋を見せていただきたいのです」

「白石さんが、部屋を見たい理由は何ですか？　及川ひとみから、あなたのお名前をきいたことはないんですが」

「及川ひとみさんは、あまり口にはしていませんが、古いものを集めるのが好きなんですよ。それも、かなり高価なものをです」

「しかし、彼女が、骨董品を集めて、マンションに持っていたなんて話は、きいたことがありませんよ。現に、あのマンションには、そんなものは見当たりませんがね」

と、高田が、いうと、

「もちろん、及川さんは、骨董品を集めても、生活しているマンションには、置いておかなかったでしょうね。盗難の恐れがありますから。どこか別のマンションを借りて、収集したものを置いておいたんじゃないでしょうか。そんな話を聞いたことがあります。残念ながら、私は、そのマンションがどこにあるのか、場所は知りませんけどね。ただ、六本木のマンションにも一つだけ、気に入ったものを飾っていたらしいんです。彼女が、どんなものを飾っておいたのか、それを自分の目で確認したいんです。学問的に、大変貴重なものだったら、私が研究している歴史学の参考にもなるんじゃないかと思っているんですよ。ですから、何とか部屋の中を見せていただけませんか？」

と、白石が、いった。

社長は面倒くさそうに、ＯＫを出し、高田は、白石を六本木に連れていった。

鍵を開け、部屋に案内してから、

「私には、どうしても、歴史的に価値のあるものが、この部屋に置いてあるとは思えませんがね。そんな話を、及川ひとみからきいたことはありません。そんなものが本当に、このマンションに置いてあるんですか？」

と、高田が、いうと、白石が、

「女優及川ひとみとしてのセールスポイントは、現代の先端を走る女優でしょう？」

「ええ、そうです」

「だったら、及川さんは、自分にふさわしいものを、一点だけ自分の住むマンションに置いておいたと思いますよ」

と、いった。

「そのことを、及川は、あなたに話したんですか？」

「実は、そうした隠れた宝物の展示会が、年に一回開かれているのです。その会場で偶然、及川ひとみさんに会い、話をしてみると、彼女が同好の士であることがわかりました。その時、彼女は自分の気に入った物を、一点だけマンションに飾ってある、それが本当に素晴らしいものか見て下さい、と言われたんですよ。忙しさにかまけているうちに、及川さんが亡くなられてしまいました。でも、そのことがどうしても、気持ちに引っかかっていましてね。及川さんに頼まれたことを実現するために、見てみたいと思ったんです。いかがでしょうか？　私にマンションを調べさせて貰えませんか？」

「それでは、私も、先生とご一緒に探しましょう」

前の三人と同じように、一人にしてくれといい出すと思ったが、白石は、

「構いませんよ。一緒に探しましょう」

と、いった。

それで少しばかり、高田は、白石という准教授を信用する気になった。

白石は、何回も同じ部屋を出たり入ったりしていたが、一時間近く経つと、唯一の和室に入り、床の間をじっと見つめた。

そこには、三十センチ大のダルマが飾ってあった。それは、仕事で高崎に行った時、

向こうで買ったものである。三千円足らずの安物だった。いわば縁起物である。

「あのダルマ」

と、白石が呟いたので、高田は笑った。

「先生、あのダルマは、ただの安物ですよ。私が彼女と一緒に高崎に行った時、買ったので、よく知っています。たしか三千円もしないオモチャですよ」

「いや、そうではなくて」

と、いいながら、白石は、ダルマを取り上げ、いきなり柱に叩きつけた。

大きな音を立てて、ダルマが壊われた。

不思議なことに、ダルマの中から、手のひらに乗ってしまうような、小さな仏像がみつかった。

「とうとう見つけましたよ」

白石が、大きな声を出した。
十二、三センチの小さな仏像である。白石は仏像を手に取ると、いろいろな角度から、熱心に調べている。
「その小さな仏像が、何か大変なものなんですか?」

と、高田が、きいた。

「大げさにいえば、これは歴史的な発見なんですよ。恐らく、聖徳太子の時代の、有名な仏師が作ったものだと思いますね。その仏師が仏像を作ったという記録はあるのですが、実物が、なかなか見つかりませんでした。仏教伝来の研究をするためには大変貴重な仏像です。それがやっと見つかったのですから、大発見ですよ。ちゃんとした手続きを踏めば、国宝になるかもしれません」

白石が、相変わらず、興奮気味に話す。

「及川ひとみは、そのことを知っていたんでしょうか？」

「それは分かりませんが、及川さんは世間からは、わがままだとか、自分勝手だとか、いわれていましたけどね。実は古いものを見る目があって、真剣に集めていたんです。この小さな仏像に、大変な価値があるということには、気がついていたのではありませんか。だからこそ、この小さな仏像一点だけを、ここに持ってきて、安物のダルマの中に隠して、誰にも見せなかった。そして、一人になった時に取り出して、眺めていたのではないかと思いますね」

「それで、これは、どうしたらいいんですか？　歴史的に価値のあるものなら、ここに置いておくわけにもいきませんし……」

「私が大学の研究室に持ち帰って、調べてみてもいいのですが、しばらくの間、あなたが預かっておいてくれませんか」

と、白石が、いう。

高田がすぐ、社長に電話すると、

「彼女に、そうした趣味があったり、そんな宝物を、六本木のマンションに置いていたということは知らなかった。しばらくの間、お前が大切に保管してくれ」

と、いった。

その旨を、白石に伝えると、

「こちらでも調べて、一週間後に連絡します。それまでは、なくさないように金庫の中に、大事に収めておいてください」

と、指示し、帰っていった。

高田は、しばらく考えてから、その小さな仏像を、銀行の貸し金庫に預かってもらうことにした。国宝級だという仏像を、これ以上、及川ひとみのマンションに置いておくことが、不安になったからである。

5

最後に、小柄な男が訪ねてきた。何となく、潮のにおいがし、日に焼けている。五十代くらいだろうか。

荒木平吉と名乗り、

「宗像からやって来た」

と、いう。

「俺は何回か、ひとみちゃんとご一緒したことがあるんだ。だいぶ前のことだけどさ。沖ノ島の歴史展が東京であったときだ。あんたも知っているかもしれないけど、宗像は、世界遺産になった沖ノ島や宗像大社のあるところだ。沖ノ島は、かつて大陸の文化や生活様式が日本に伝わってきた、最初の場所だったんだよ。小さな島だけど、『海の正倉院』と呼ばれるように、歴史的に貴重な物が出土したりする。そうしたものを、一挙に展示したのさ。そのときに、ひとみちゃんに会った。本土の人にとってみれば、ひとみちゃんは、わがまま女優として見られていたようだけど、俺から見ると違う。日本の歴史に深い関心をもっていて、親しみが持てたんだ」

荒木平吉は、そのとき撮ったという写真を、高田に見せた。及川ひとみが、沖ノ島で出土した遺物と共に写った写真だった。高田は、彼女が日本の歴史に関心があったことなど知らなかったし、出土品と写った写真も、初めて見るものだった。荒木が続ける。

「その時、ひとみちゃんは、高価な仏像や祭器を何点か持っているといっていた。今も、大事にしていると聞いたから、いつかひとみちゃんに見せて貰いたいなと思っていたんだよ。でも、そうこうしているうちに亡くなってしまった。俺としては、あのときの宝物がどうなったのか、知りたいんだ。だから、今日、来たんだ。あんたの力で、どうにか見せて貰えないだろうか？」

（またか）

と、高田は、うんざりした。荒木平吉という男の名前も、及川ひとみから聞いたことはなかった。

第三章　グエン中尉(ちゅうい)

1

東京キー局の中央テレビで、毎週放送している番組がある。日曜日の夜にやっている、「週刊ニュース」という一時間の番組だった。

内容は、その一週間に日本中で起きた話題の事件について、一位から十位まで順位をつけ、アナウンサーが紹介し、事件の関係者が話をし、コメンテーターが意見を述べるという、至って地味な番組だった。

しかし、短時間で事件のことが詳しく分かるというので、地味だが人気の番組である。

その「週刊ニュース」から、高田恵一は出演を依頼された。及川ひとみの事件について、話してほしいというのである。司法解剖の結果、兵庫県警も殺人事件として扱い、世間の注目はますます高まっているのだ。

社長に相談をすると、

「とにかく出てこい。殺された及川ひとみについては、いろいろと気にくわないウワサも出てきて、こっちも、いい加減うんざりだ。せっかく出演できるんだから、この際、ウワサに話が及んだら、きちんと訂正をしてくるんだ」

と、いわれた。

出演料として、十万円がもらえるということもあり、高田は、中央テレビに出かけて行った。

番組の司会者は、中央テレビの松井（まつい）という若い男性アナウンサーだった。高田がテレビ局に行くと、今回は、やはり及川ひとみが神戸で殺された事件が、ランキングの一位になっていた。解説には、小野寺（おのでら）という警視庁の元警部補が出演することになっていると、担当のディレクターから説明された。

小野寺元警部補は、今年三十八歳。警視庁にいた頃は、仕事はできるのだが、他人と協力するのを好まず、一匹狼と呼ばれていた。評判はあまりよくなかった。そのためもあってか、ずっと警部補止まりで昇進できず、三十五歳になると、さっさと警視庁を退職し、テレビや新聞、雑誌などで事件の解説者になったのだ。

小野寺の解説は独断的だが、その分面白いと、視聴者からは好評だった。

番組は、いつものように、一週間に起きた事件を一位から十位までランキングし、十位の事件から取り上げていった。そして最後に、一位となった、及川ひとみの神戸での殺人事件の番が来た。

その扱い方は、及川ひとみが、なぜ仕事を抜け出し神戸に行き、異人館で殺されていたか、という謎に集中していた。さらには、及川ひとみと一緒に殺されていたのが、京都の東山区に本社がある、永井光業の社長、永井清太郎だったことについて、松井アナウンサーが、高田に質問した。

高田は、この件は、絶対に聞かれるだろうと思っていたので、前もって答えを用意しておいた。

「とにかく、私がいちばん驚いたのは、及川ひとみが神戸の異人館で殺されていたことです。それに、彼女と一緒に死んでいたのが、美術品を扱う永井光業という会社の社長で、京都の実業家、それも、京都ではかなりの実力者として知られている永井清太郎さんだった、ということにもビックリしました」

「高田さんが、ビックリされたのはどうしてですか？」

松井アナウンサーが、きく。

この質問も、高田の予想の範囲内だった。

「及川が、永井清太郎さんと知り合いだったことは、本人からはまったく聞いていませんでした。ですから、二人が一緒に殺されたと知って、本当に驚いてしまったんです。それに、彼女が、神戸が好きだったなんてことは聞いたこともないし、仕事で行ったことも、数回しかありません。ただ、彼女は昔から各界の秀でた人たちが好きでしたから、マネージャーの私の知らないところで、永井清太郎さんとも知り合っていたのかもしれません」

松井が、すぐ次の質問をぶつけてくる。

「高田さんが、及川ひとみさんのマネージャーになって、何年になるんですか？」

「一年になります」

「一年の間、マネージャーをやっていても、及川ひとみという女優さんについて、分からないことが多かったんですか？　失礼ないい方かもしれませんが、ふつうマネージャーをやっていれば、自分が担当する女優さんのことは、何でも知っていると思うのですが」

松井アナウンサーの言葉に、高田は苦笑した。

「たしかに一般的には、松井さんのいわれる通りでしょうね。タレントとマネージャーは、いわば一心同体なわけですから。しかし、ウチの事務所のやり方があるんですよ。つまり、担当する女優の仕事については、いちいち指示を出したり、場合によっては意見をいったり、あるいは叱ったりしていいが、仕事を離れた彼女たちのプライバシーについては、深入りするな、とね。そうしないと、二人の間がおかしいとか、二人はデキているんじゃないかとか、マイナスのイメージがついてしまいます。他社の例ですが、マネージャーとの間を、マスコミにあることないこと、面白おかしく書き立てられて、ダメになってしまった女性タレントが、たくさんいるんですよ。だから、担当するタレントのプライバシーについて、マネージャーは、むしろ何も知らないほうがいいというのが、ウチの社長の口グセなんです。演技の面でも、誰にも知られていないプライベートがあった方が、プラスに働くことも多いですしね」

高田は、饒舌になってきた。

「それで、くり返しますが、及川ひとみの仕事については、口うるさく注意していますが、彼女のプライベートについては、ほとんど本人に聞いたこともありません。任せているのです。だから、何も知らないのですよ。一緒に働いているマネージャーなのに、おかしいと思われるかもしれませんが、これが、及川ひとみと私の実情なんです。そういう体制だから事件が起きたんだと、おしかりを受けるのも覚悟の上で、お話ししました。ウソじゃありません」

「なるほど。そういうことですか。よく分かりました。しかし、とはいっても、及川ひとみさんの性格ですとか、基本的な個人情報ぐらいは、もちろん、ご存じなんでしょうね？」

と、松井が、しつこくきく。

内心、苦々しく思いながら、高田は、また苦笑した。

「もちろん、彼女の簡単な履歴のようなものは知っていますよ」

「では、おききします。及川ひとみさんのご家族とは、どう付き合っているんですか？」

「基本的なことを知っている、と話したばかりで、恥ずかしいのですが、実は、彼女の家族とも、あまりお付き合いはありませんでした」

「え？　あまり付き合いがない？　と、いうと、どんなご関係だったんですか？」

「及川ひとみのご両親には、二、三度お会いしたことがありますが、何でも彼女は、子供の時は、おじいちゃん子だったそうです。祖父と孫ですから当然ですが、その方は、及川とは、かなり年が離れていました。太平洋戦争中は、東南アジアの仏印、ビルマなどで生じた独立運動を助けていたとか。普通は、どこかの機関に属しているものですが、時には一匹狼のように単独で行動し、現地の方の信頼も厚かったようです。ご両親以外に、及川ひとみのご家族で聞いているのは、このおじいさんくらいですね。他のご家族に関しては、あまり知りません」

「そのおじいさんは、何というお名前ですか？」

「たしか、柳原秀樹(やなぎはらひでき)さんといったと覚えています。ただ、ご本人には、一度も会ったことはありませんし、もう亡(な)くなられています」

と、高田が、いった。

その後、小野寺元警部補が、今回の奇妙な殺人事件について、意見を求められて、次のような推理を、かなり大きな声で話した。

「今回の殺人事件の、いちばんの問題は、犯人が、男女のどちらを殺そうと考えたのか、ということになってくると思いますね。もう一度、事件を整理しましょう。異人館のプールで、女優の及川ひとみさんと、美術品を扱う京都の有名な会社の社長さんが、二人一緒に殺されていました。しかし、犯人が、二人のどちらにも殺意を抱いていたのかどうかが、わかりません。今、及川さんのマネージャーだった高田さんの証言を聞くと、一緒に死んでいた永井清太郎さんと彼女が知り合いだったとは、まったく聞いていないといっている。そうなると、こんなことも考えられると思うんですよ。よくミステリーにもあるんですが、まったく関係のない二人を、いかにも心中に見せかけて殺してしまうということです。死体は並べておきます。それだけで、犯人の目的が隠れてしまうのです。見た人にとっては、目の前に二つの死体があるということが、センセーショナルに映りますから」

自身の意見を、再度検討するようなそぶりを見せた後、続けた。

「今回の殺人事件も、それに近いのではないかと、思うのです。犯人は、永井清太郎さんを殺したかったのか、それとも、及川ひとみさんを殺したかったのか。今はわかりません。ですが、二人の死体を、プールに、一緒に浮かべておいたのも、それが理由ではないのか？　私が犯人なら、警察の捜査を攪乱（かくらん）するために、同じことをやるでしょうね。ですから、この事件では、殺人の動機を調べることを、まず第一にやるべきだと思います。動機がわかれば、今回の殺人事件の解決は、意外と早いのではないかと考えています」

それが、コメンテーターの小野寺元警部補の推理だった。

2

番組が無事終了し、高田は、ディレクターから帰りしなに、十万円の現金が入った封筒をもらった。高田が、

「現金払いとは珍しいですね」

ときくと、単発の出演の場合、振り込みではなく、その場で渡す旧慣が残っているのだという。一緒にタクシーチケットも渡されて、それを使って帰路についた。

番組の中で、及川ひとみのことを話しても、マネージャーのくせに彼女のことがよく分からないという、わだかまりを晴らすことができずにいる。

及川ひとみが子供の頃から、おじいちゃん子で、その祖父が戦時中、単独で東南アジアの独立運動に協力していたというのは、及川ひとみの父親か、母親に聞いた話である。父と母のどちらも、その祖父とは不仲だったと聞いている。親しかったのは及川ひとみだけだが、彼女の口から、祖父のことを聞いたことはない。したがって、高田自身が、この祖父について、詳しく知っているわけではなかった。

結局、及川ひとみについては、表面的には知っているのだが、本当の姿は、わかっていなかったと、高田は、自分を罵った。

そんなことを考えながら、自宅マンションの近くでタクシーを降り、近道になる小さな公園に入っていった。公園を斜めに横切れば、マンションのエントランスにつき、玄関まで早く着けるのだった。

高田が、公園の中ほどに来た時、突然、目の前に黒い影が現れ、進路をふさいだ。公園の外灯からは、少し外れた地点のため、辺りは薄暗く、高田には、どうやら背の高い男らしいとしか分からなかった。

「金を出せ」

と、男が、低い声でいった。

高田は思わず、

「強盗！」

と叫び、反射的に背広のポケットを押さえた。そこに入れてある、中央テレビでもらったばかりの出演料十万円を取られてなるものかと思ったのだ。

逃げようとした高田が、後ろを向いた瞬間、男に、後頭部を硬いもので殴られた。

一瞬気が遠くなり、そのまま崩れ落ちていった。

高田が、次に気がついた時は、救急車の中だった。おそらく、公園を通りかかった誰かが、高田が倒れていることに気が付いて、救急車を呼んでくれたのだろう。

頭がズキズキして、やたらに痛い。近くの救急病院に運ばれ、応急手当を受けてから、ベッドに寝かされた。

しばらくすると、所轄の警察が、高田から事情を聞くためにやって来た。病院のほうから、暴漢に遭って頭にけがをしたと思われる男が運ばれてきたと、警察に通報したに違いなかった。

頭に包帯をぐるぐる巻きにされた痛々しい格好で、高田は、二人の若い刑事から、いろいろと質問攻めにあった。

「ご気分はいかがですか？　何か盗られたものはありませんか？」

と、いわれて、反射的に背広のポケットに手を入れてみると、案の定、そこに入れてあった中央テレビの出演料十万円は、封筒ごとなくなっていた。

高田が、そのことを刑事に訴えた。

そこから自然に、彼が今日の中央テレビの「週刊ニュース」という番組に出て、出演した帰りに襲われたという話になった。

刑事の一人が、

「あの番組は警察官に人気があるので、私も非番の時は、よく見ているんですよ。高田さんは今日、そんな人気番組に出演されていたんですか？」

刑事が、お世辞でいったのかどうかは分からない。

高田が、殺された及川ひとみのマネージャーだったことが分かると、二人の刑事は、さらに興味を持ったらしい。その後はずっと、及川ひとみの話になった。

片方の刑事は、及川ひとみのファンだと告白した。

「どうして、及川ひとみさんは、神戸で殺されていたんでしょうか？　神戸のご出身なんですか？」

高田は、自分が殴られたことと、関係がない話だと思った。殴られたところは、まだズキズキ痛む。だが、刑事の心証を悪くするのもよくないと思い、我慢しながら、答えた。

「彼女は神戸の出身じゃありませんし、仕事で神戸に行ったことも、二、三度しかありません。ですから、彼女が神戸の、それも異人館で殺されたと聞かされた時は、何が何だかよく分かりませんでした。彼女と異人館にも行ったことがないのですから。その時の思いは、今でもまったく変わりません。どうして、及川ひとみが神戸で殺されなくてはならなかったのか、その答えが見つからないのです」

「たしか、美術品を扱っている京都の会社の社長さんと、一緒に殺されていたんですよね？」

「ええ、そうです」

「その社長さんのほうも、高田さんは、ご存じないんですか？」

「ええ、まったく知りません。私は一年間、彼女のマネージャーをやってきましたが、その間に、問題の社長さんのことを彼女から聞いたこともないし、ご本人に会ったこともないんです」

　と、高田は、いい、刑事の質問がまだ続きそうなので、

「頭がズキズキ痛んできました。申し訳ありませんが、ちょっと休ませてくれませんか？」

　と、いった。

　二人の若い刑事は、やっと気がついたようで、

「失礼しました。もう結構ですから、どうかお大事に」

　と、いって、引き揚げていった。

3

五月二十四日の夜十時に起きた強盗事件を、警視庁捜査一課の十津川（とつがわ）班が担当することになった。

十津川は、事件そのものよりも、被害者の高田恵一という男に興味を持った。

つまるところをいうと、高田恵一がマネジメントをしていた及川ひとみが殺された事件に、関心を抱いていたということでもある。どちらかといえば、今回の強盗事件そのものよりも、神戸で発生した殺人事件のほうに、興味を持っていたのだ。

十津川は、ともかく今回の被害者である高田恵一から、話を聞くことにした。

高田のマンションと、彼が襲われた公園の地図を見ながら、十津川が話をきいた。

高田が、答える。

「タクシーで帰ってくる時は、昨日と同じように、あの公園の前で降りるんです。マンションの前の道路は狭く、車が入っていけませんからね。公園の前で降りて、中を突っ切って歩いていくと、近道になるので、いつもそうしていました。このマンションに住んでいる人は、皆さん、同じだと思いますよ。昨日もそうやって帰ってきたら、公園の中で、ばったり犯人にぶつかったのです。いきなり『金を出せ』といって、脅かされました」

「それで、どうしたんですか？」

「昨日は、中央テレビの『週刊ニュース』という番組に呼ばれていましてね。帰りに、出演料として、十万円を現金でもらったんです。封筒に入れて持っていたんで、一瞬、その十万円を盗られるものかと思って逃げようとしたら、いきなり、何か硬いもので頭を殴られました。私は気を失ってしまって、気がついたら、救急車に乗せられていたんですよ。今でもズキズキと、頭が割れそうに痛いですよ。診察してくれた医者がいうには、おそらく金づちか、それに類する金属の棒のようなもので殴られたのだろうということでした。いずれにしても、頭蓋骨が割れたり、脳に傷が付かなかったのは不幸中の幸いだったようです。こうして話している間も、頭は痛むし、もらったばかりの出演料十万円を盗られてしまって、踏んだり蹴ったりですよ。こういうのを、泣きっ面にハチっていうんでしょうかね？」

「襲われた時、犯人の顔を見ましたか？」

「殴られた地点が、ちょうど外灯のない暗がりだったので、見えませんでした。きっと暗がりに潜んでいたんでしょうね。だから犯人の顔なんか見えませんよ。ただ、背の高い男だということだけは分かりました。おそらく、百八十センチ以上はあるんじゃないかな？」

「高田さんは、神戸で殺された及川ひとみさんのマネージャーをなさっていたんですよね？」

と、十津川がきくと、高田はまたその話かと、苦笑しながら、

「その話ですか」

と、いった。

今度は、十津川のほうが、苦笑してしまった。

「九日前に神戸で事件が見つかってから、そのことばかり聞かれるので、参っているんでしょう？」

「ええ、正直にいえば、かなり参っています。どういうわけか知りませんが、神戸の事件が起こってからというもの、変な人間が、やたらに彼女のことをききに、私のところにやって来るんですよ。彼女の仕事仲間とか関係者とか、ドラマの監督とか、そういう人たちが私を訪ねてくるというのなら、まだ分かります。もちろん、みなさんのように捜査関係の方がいらっしゃれば、話もさせていただきます。

ですが、それまで全く関係を知らなかった怪しい人が入れ替わり立ち替わりやって

来るんです。彼らは口々に、彼女が住んでいたマンションの部屋を見せてくれといってくるので、私はその対応に追われました。それも、ほぼ毎日でしたからね」

と、高田が、いう。

十津川は、その高田の言葉に興味を持った。

「いったい、どんな人たちが訪ねてきたのか、あなたにどんなことを聞いたのか、ぜひ、お話ししてもらえませんか？」

十津川が、いった。

「お話しするのは一向に構いませんが、そのことと、今回の事件とは、まったく関係ないと思いますよ。今回は、私が狙われて、殴られて、出演料を奪われたのですから」

高田は、念を押した。

「たしかに、高田さんが強盗にあった事件と、及川ひとみさんが殺された事件とは、関係がないように思えます。ただ、われわれは、いろいろなことを知っておきたいのです。捜査は、多角的にするものなんです。襲われたばかりで、頭も痛むときに申し訳ないのですが」

と、十津川が、いった。

高田は、一瞬考えてから、

「分かりました」

と肯き、及川ひとみが神戸で殺された後、どんな人間が、どんな用事で、自分を訪ねてきたかを話すことにした。自分でも、その答えを知りたかったのだ。なぜ彼らは来たのだろうか。刑事たちなら、答えを見つけてくれるかもしれない。

「最初にやって来たのは、永田慶介という男でした。何でも、永田ファンドという投資会社を経営しているといっていましたね。彼は、自分は六本木の及川ひとみのマンションの、共同購入者だといってきたんですよ。びっくりしました。私はそんな話を知りませんでしたから。急いで、権利書類を調べてみたら、確かに彼のいう通りだったんです。購入してからずっと、あの部屋は及川ひとみだけが使っていたと、永田という男は、そんなこともいっていましたね」

「その永田慶介という男は、あなたに何を要求したのですか？」

「一緒に六本木のマンションを見に行ってくれ、といわれました。若くて、きれいな女性秘書が一緒でしたね。共同購入者だということは間違いないので、彼女のマンションに案内することにしました。そうしたら、部屋の中を、いろいろと調べていたようです」

「もう一度確認しますが、共同購入者というのは、本当なんでしょうか？」

と、十津川が、きいた。

「それは本当です。書類はこちらで見ましたからね」

「しかし、及川ひとみさんから、六本木のマンションに、共同購入者がいるなんてことは、聞いていなかったんでしょう？」

「そんな話は、まったく聞いていませんでしたね。ですが、ウチの社長は、彼女から、どこかの社長と半分ずつ金を出しあってマンションを買った、と聞いていたようです。だから、最初は疑っていましたが、信じることにしたんですよ」

「その永田という男は、六本木のマンションを見て、その後、大人しく帰っていったんですか？」

「帰っていきました。ところが、彼が帰った後、部屋の中にあった模型が一つ、なくなっていました」

「なくなった？　いったい、どんなものがなくなっていたのですか？」

「自家用ジェット機のデスクトップでした。いつも彼女の寝室の、ベッドの横にあるテーブルに飾ってあったんです。購入した『ウイング』という模型店に、同じものが五万円くらいで売っていたので、それくらいだろうと踏んでいたんですが、オーナーにきいたら、一千万円もする高級品だということが分かりました」

「警察に、盗難届は出したのですか？」

「いや、出していません」

「どうしてですか？」

「そのデスクトップは、及川ひとみが、誰かからプレゼントされたものらしいのですが、誰からもらったのかが、私にも、ウチの社長にも分からないからですよ。もし及川ひとみが預かっているだけだったら、恥をかきますからね。所有権がはっきりしていれば、警察に盗難を訴えることもできるのですが、分からないので、黙っておくことにしました」

「ほかに、訪ねてきた人を教えてください」

「その後、五月二十日に、私立探偵をやっているという男が来ましたよ。名前は、持田大介だといっていました」

「その私立探偵は、どんな用事で高田さんを訪ねてきたんですか？」

「彼も、永田慶介と同じように、六本木のマンションの部屋を見たいというので、一応、見せましたが、何も盗られたものはありませんでした。しかし、マンションの中を携帯電話のカメラで写した可能性はあります」

「マンションを訪ねた人は、ほかにもいたのでしょうか？」

「ええ、さらに二日ほどして、今度はS大の歴史学の准教授だという白石英司という人がやって来ました」

と、いって、高田は、その白石が置いていった名刺を、十津川に見せた。

「なるほど。この白石という准教授は、何をするために、あなたに会いに来たのですか？」

「彼は、突然やって来ましてね、及川ひとみさんは骨董品に興味を持っていて、歴史的に見て、大変珍しい骨董品を集めているはずだというんですよ。だから、それを調べたい。自分が知っている限りでも、小さいが国宝に匹敵するかもしれないものをお持ちだと聞いた、というんですよ。ぜひ、それを拝見したいというので、マンションに案内しました」

「それで、どうなったんですか？」

「白石准教授は、部屋の中をいろいろと見回っていましたが、しばらくして、小さな仏像を発見したんですよ。彼は、感動して、この仏像は聖徳太子の時代のもので、仏教伝来を研究するためには大変貴重な仏像だといいました。しかし、私には、理解できませんでした」

「それで、白石准教授が帰った後、その仏像がなくなったというんじゃないでしょうね？」

「それは、ありません。ウチの社長に、仏像の扱いについて相談すると、そんな貴重なものなら、マンションに置いておくのは危ない、おまえが大切に保管してくれというので、私が銀行に持っていって、貸し金庫で預かってもらうことにしました。会社の金庫よりも、安全ですからね。だから、今は、そこにあるはずです」

「ほかにも、誰かいたのですか？」

「まだいました。白石准教授のあと、今度は、荒木平吉という男が、やって来ました。この男は、何でも宗像から来たといい、以前、東京でやった沖ノ島の歴史展の時、及川ひとみと出会ったそうです。彼女が仏像や貴重な出土品を何点か持っているといったようで、それを見たいから、マンションに連れていってくれないかといわれたのです。私もさすがに疲れていましたから、断りました。ですから、この荒木平吉という男だけは、マンションに案内していませんし、彼のいっていることが本当かどうかは、今のところわかっていません。本当に宗像から来ていたとしたら、かわいそうですけど」

「その方で、終わりですか？」

十津川が、きくと、高田は、首を横に振った。

「いや、実は、もう一人きました」

「どんな人ですか？」

「渡辺かなえという中年の女性で、いってみれば、占い師です。順番としては、永田の後、持田大介の前に姿をみせました。見るからに怪しい女性でしたので、お話しすべきかどうか……」

「全て（すべ）の訪問者を教えてください」

「わかりました。及川ひとみは、以前から渡辺に心酔していたんだそうです。私は知らなかったのですけどね。何か困ったことや迷ったことがあると、彼女に占ってもらっていたそうですが、突然、渡辺はやって来たんです」

「その渡辺かなえという女性も、それまで訪ねてきた人たちと同じように、六本木のマンションを見せろと？」

「そうなんですよ。マンションの中を見るときは、私に出ていてほしいというんです。もめるのも嫌だったから、素直に従いました。そうして、後で調べたら、やはりなくなっているものがあったんです」

「今度は、何がなくなっていたのですか？」

「及川ひとみが使っていた、小さな手持ちの金庫があるんですが、それがなくなっていたんです」

「手持ちの金庫？　何が入っていたんですか？　大金が入っていたんじゃないんですか？」

「お金が入っていなかったことは確認済みです。女性は、小さい頃大事にしていた、ぬいぐるみの人形とか写真とか、オモチャみたいなものを、いつまでも大切にしまっているじゃありませんか？　小さな金庫には、そんな十代の頃の思い出が入っていたんです」

「高田さんは、その金庫の中身を見たことがあるんですか？」

「一度だけ、ちらっと見たことがありましたが、今いったような、子供が大事にしていそうなものが入っていました」

と、いって、高田が苦笑した。

「六本木のマンションの共同購入者、永田慶介。自称私立探偵の持田大介。Ｓ大の歴史学の准教授・白石英司。宗像から訪ねてきたという荒木平吉。そして、女性占い師で、及川ひとみさんが信頼していたという渡辺かなえ」

十津川は、手帳にメモした名前を順番に、小声で読んでいった。

「あなたを訪ねてきたのは、この五人ですね？」

「ええ、そうです」

「こうして見ると、確かにさまざまな方が来たんですね。生前からこういう人たちと付き合いがあったんですか？」

と、十津川が、きいてみた。

「いや、まったく付き合いはありませんよ。少なくとも、私は知りません」

と、高田が、いう。

「もう一度確認しますが、及川ひとみさんが殺された後、今私が名前を挙げた、この五人が、高田さんを訪ねて来たんですよね？」

「ええ、たしかにそうなんですが、だから困っているんですよ。私が知っている及川ひとみが付き合っていたのは、同じ若手の人気女優とか、売れているお笑い芸人とか、あるいは資産家で、何でも彼女のいうことを聞いてくれて、何でも買ってくれる、羽振りのいいイケメンの青年実業家といった人たちばかりでした。ところが、及川ひとみが神戸で殺された途端に、今、十津川さんが挙げた得体のしれない五人が、私のところに、次々とやって来たんですよ。全員、及川ひとみが死んでから、突然姿を現した人たちで、以前から知っていた人物は一人もいませんでしたね。それが私には、何とも不思議なんです」

　と、高田が、いった。

「あなたのお話は、聞けば聞くほど興味深く思えてきますね」

　と、十津川は、肯いてから、

「そうだ、あなたが出演した中央テレビの番組、たしか『週刊ニュース』でしたね？　テレビ局に頼んで、あれを録画してもらったものを見ましたよ。あの番組に出演した帰りに、自宅マンション近くの公園で、何者かに襲われたわけですね？」

「そうですよ。悔しいのは、もらったばかりの出演料を、そっくり奪われてしまったことです」

　と、高田が、いう。

「番組の中で、高田さんは、及川ひとみさんは小さい頃、おじいちゃん子だったといっていました。しかも、そのおじいさんは戦時中、いわゆる東南アジアの仏印やビルマなどで独立運動を支援していたという話をされていましたね？　その方の名前は柳原秀樹さんでしたね？」

「ええ、その通りです。番組の中でいったか、記憶にはないのですが、私は、彼女の祖父だという柳原さんに、実際に会ったわけじゃありませんよ。何しろ、もう何年も前に亡くなっている人ですから」

と、高田が弁解した。

「ところで、高田さんは、この写真をご覧になったことはありませんか？」

高田に対して、十津川は突然、一枚の写真を見せた。

古く黄ばんだ写真である。

白い開襟シャツとズボン。軍靴を履き、頭には戦闘帽をかぶっている。腰に吊るしているのは銃剣だった。

「これは戦時中に撮られた写真ですが、ご覧になったことはありませんか？」

と、重ねて、十津川がきいた。

高田は、写真を引き寄せ、手に取ると、じっと見つめていたが、

「いや、まったくありません。いったい誰なのですか？」

と、きいた。

「この人物は、グエン中尉です」

「グエン中尉？　ということは、日本人ではないんですか？　私には日本人のようにしか見えませんが」

「ええ、高田さんがいうように、このグエン中尉は日本人です。日本名は柳原秀樹」

「柳原秀樹？　ひょっとして――」

「そうです。この人こそが、及川ひとみさんが慕っていたおじいさんですよ。この写真は、昭和十八年か十九年に写されたといわれています」

「しかし、今、十津川さんは、グエン中尉といわれましたが――」

「日本人の柳原秀樹は、太平洋戦争中、仏印で独立運動のグループを組織し、自らもグエン中尉として参加しています。正確には、グエン秀樹中尉です」

「十津川さんは、どうして、こんな写真をお持ちなんですか？」

不思議そうな顔で、高田が、十津川を見た。

「私は歴史に興味があるんです。それで『週刊ニュース』で高田さんの話を聞いて、及川ひとみの祖父、柳原秀樹の戦争中の動きに関心を持ったんですよ。防衛省にいる知り合いに、柳原秀樹について何か分からないかと聞いたところ、この写真を見せられたのです。これは、それをコピーしたものですが、若いですよ。たしか、この時、グエン秀樹中尉は二十五、六歳だったはずです」

と、十津川が、いった。

高田は一瞬、その写真に興味を示したようだったが、すぐ痛そうに頭に手をやってから、

「刑事さん、一つ確認しておきますが、今回の捜査は、私を襲った強盗犯の捜査ですよね？」

と、いった。

「もちろん、そうですよ」

「それなら、一刻も早く、あの犯人を捕まえてくださいよ。頭が痛むのを我慢して話をしましたけど、今、刑事さんの話をきいていると、刑事さんは、強盗に襲われた私よりも、九日前に神戸で殺された及川ひとみに興味を持たれているような、そんな気がして仕方がないのです。私を襲った犯人をつかまえようという気が、本当にあるんでしょうね？」

「もちろん、そのつもりでおりますよ。ただ、あなたを襲った犯人は、九日前に神戸で起きた殺人事件の犯人と同一人物かもしれない。そんな気がしているのです」

と、十津川が、いった。

4

強盗事件の捜査が始まった。

被害者の高田恵一は、十津川に対して、さんざん嫌味をいっていたが、十津川は、高田恵一を襲った犯人を、一刻も早く逮捕するつもりである。

したがって、現場である公園周辺の聞き込みも、部下の刑事たちに指示していたし、同じような強盗事件が、周辺で起きていないかどうかも捜査することにしていた。

だが、十津川は、今回の強盗事件が、神戸で起きた殺人事件と、どこかでつながっているという考えを、どうしても捨てることができずにいた。

五月二十六日、青山の葬儀場で、及川ひとみの告別式が行われた。十津川はもちろん、亀井と二人で、この告別式に参列した。犯人が被害者の告別式に姿を現すというのは、決して珍しいことではないからである。

参列者の大部分は、業界関係者と、及川ひとみのファンだった。ファンのほとんどは、若い女性や若い男性だった。

それでも、十津川が気がついたのは、一般のファンとは、明らかに感じの違った人々が、何人か告別式に参列していることだった。

その中には、高田恵一にきいていた、模型店「ウイング」のオーナーの姿もあった。若い美人女優の告別式に似合わないといえば、この模型店のオーナー、工藤も似合っていなかった。五十代で、華やかなところが一つもない男だった。

十津川はこの男に興味をもち、告別式の帰りに、模型店「ウイング」に足を向けた。亀井も一緒である。

店の中に飾ってあったのは、飛行機や船の模型が多かったが、最近の傾向なのか、仏像の模型も何体か飾られていた。

「よくできた仏像ですね。模型とは思えませんよ」

十津川は、正直な気持ちを、そのまま口にした。

模型店だから、飛行機や船は得意だろうが、仏像が並ぶ店に来るのは初めてだった。仏像は、しっかりと作られていて、その上、全体の古さもよく出ていたし、仏像に実際についている傷跡まで、きちんと再現されているようだった。どこどこの寺の有名な仏像と書いてあるところを見ると、それを正確に再現しているらしい。

「こうした仏像は、今流行(はや)りの３Ｄプリンターで作るんですよ」

と、工藤が説明してくれた。

「なるほど。３Ｄプリンターを使うと、実際にある仏像と、見分けがつかないものができるというわけですね？」

と、亀井が、いった。

「ええ、そうなんです。たしかに３Ｄプリンターは時間がかかりますが、見た目は、本物とまったくそっくりに作ることができるんです。もちろん、材質は違うのですが」

「どんな人が、この仏像の模型を買っていくのですか？」

　と、亀井が、きく。

「日本には、住職のいない寺が、増えているんですよ。そんな寺にも、有名で歴史的にも重要な仏像が、かなりの数、置いてあります。住職がいないので、盗まれてしまう恐れもあります。今までは対策のしようがなかったのですが、3Dプリンターを使って、全く同じ仏像を作って、模型のほうを寺に安置しておくのです。本物のほうは、倉庫にでも仕舞っておけばいい。こうすれば、盗まれても、模型ですから安心です。最近は、そうしたオーダーが多くなってきていますよ」

　と、工藤が、いった。

「工藤さんは、高田恵一さんと親しいそうですね？」

「ええ、高田さんも模型が好きなので、よくこの店にお見えになりますよ。彼と模型談義をするのは楽しいですよ。でも、彼が好きなのは飛行機や船の模型で、こんな仏像には関心がないと思いますね」

　と、工藤が、いう。

「工藤さんは、仏像にも興味があるのですか？」

「ええ、大いにありますね」

「それでは、先日殺されて、今日告別式のあった及川ひとみさんにも、関心があるんじゃありませんか？　高田さんの話では、彼女が住んでいたマンションには、聖徳太子の時代に作られたという、貴重な仏像が置いてあったそうですから、ひょっとして、あなたも、その仏像に興味をお持ちなんじゃありませんか？」

と、十津川が、きいた。

返事はなかった。

オーナーの工藤は、じっと窓のほうに目をやっていた。

第四章　遥か海の彼方で

1

「今度の事件は、見方によっては、大変面白い事件といえる」

と、十津川が、いった。

亀井が、ビックリした。

「面白いですか？」

「ああ、面白いよ」

「警部がそのようにいわれるのは、及川ひとみという若い女優が、神戸の異人館で、永井清太郎という京都の会社社長と一緒に殺されていたからですか？　横浜にいたはずなのに、いつの間にか姿を消し、同じ港町とはいえ、遠く離れた神戸で発見されたのですから」

「たしかに、そのことも興味深いが、それ以上に、私が今回の事件を面白いと思っているのは、及川ひとみが死んだ途端に、彼女のマンションを、五人もの人間が、相次いで訪ねてきたことなんだ。まるで、及川ひとみの死体が、東京の住まいにあって、それを確認するために、五人の人間がやって来たみたいに見えるからだ」

　と、十津川が、いった。

「たしかに、警部のように考えると、変といえば変ですし、面白いといえば、面白いですね」

「最初にやって来たのが永田慶介という男で、あのマンションを、及川ひとみと金を出し合って、二人で買ったといっている。彼は若い女性秘書を連れていた。二番目は、渡辺かなえという女性だった。占い師を自称するこの女も、秘書を連れてきた。ただし、男だったけどね。三番目は、私立探偵の持田大介で、四番目がＳ大学の准教授だという白石英司。最後の五番目が、宗像からやって来たという荒木平吉だ。五人が五人とも、職業がバラエティに富んでいるのも何かありそうだ」

「たしかに、及川の死後、次々とやってきたという点以外は、五人ともバラバラで、共通点がありませんね」

「マンションのコンシェルジュに聞いたところ、及川ひとみの部屋には、今まで、あまり人が訪ねてこなかったそうだよ。それなのに、彼女が死んだ途端に、いきなり五人もの人間が押しかけてきた。マンションの共同購入者だという永田慶介は、部屋にあった購入当時一千万円もした模型を、勝手に持ち去ってしまった。今では値が上がって、二千万円もするそうだね。ほかの人たちも、あのマンションで、何かを探していたように見える。彼らが、及川ひとみの部屋で、いったい何を探していたのか？それを考えるだけでも、面白いじゃないか？」

「たしかに、入れ替わり立ち替わり、五人もの人間がやって来たのですから、面白いといえば面白いですが、連中は、いったい何を探していたんでしょう？　あのマンションを、及川ひとみと共同で買った永田慶介は、確かに、二千万円はする高価な模型を持ち去っています。しかし、彼が、模型を探すためにマンションに来たとは、どうしても思えないのです」

「その通りだよ。彼が探していたのは、そんなものじゃなかったはずだ。多分、期待していたものが見つからなかったから、腹いせに、高価な模型を持ち去ったんだろう」

「自称私立探偵の持田大介は、室内には入りましたが、何も持ち去ってはいないといいますし、四人目のＳ大の白石准教授は、貴重な仏像を見つけたにもかかわらず、持ち去ることなく帰っていきました。全員と立ち会ったマネージャーの高田恵一からみても、おかしな面々だったそうですね。警部は、連中が何を探すために、マンションにやって来たと思われますか？」

　と、亀井が、きく。

「永田慶介は、時価二千万円もする置物を持ち去ったが、明らかに不満だったろうね。最初こそ、慇懃無礼に対応していたのに、マネージャー高田恵一に会うこともなく、帰ってしまったそうじゃないか。Ｓ大の准教授、白石英司は、今、カメさんがいったように、貴重な仏像を見つけたにも拘わらず、持ち去らなかった。高田恵一に預けたままだ。これは、どうにもおかしい。私は、及川が持っていた高価な物というのは、別の仏像じゃないかと思うんだ。それも、ただの仏像じゃない。大変高価な、あるいは、世界的に貴重な仏像ではないかと思っているんだがね」

　と、十津川が、いった。

「しかし、殺された及川ひとみを悪くいうようで申し訳ないのですが、彼女と仏像とは、どう考えても結びつかないのですが。イメージが、違いすぎますよ」

と、亀井が、笑いながらいう。

十津川も、笑った。

「たしかに、その通りなんだ。私だって正直にいえば、カメさんに同感だよ。しかし、仏像に違いないと思う。それも、今もいったように、非常に高価で珍しい仏像だ。白石准教授が見つけた仏像よりも、さらに貴重な仏像を、及川ひとみは持っていたんだ」

「しかし、マネージャーの高田恵一にいわせると、そんな仏像のようなものは、見たことも聞いたこともなかったそうですよ。白石英司と一緒に見つけた小さな仏像は、ダルマの中に隠してあったと、証言していますが」

「そうなんだ。だから、なおさら面白いんだよ」

十津川は、例の写真を取り出して、テーブルの上に置いた。

及川ひとみの祖父の写真だった。

「いいかね」

と、十津川は、写真を見ながら、いった。

「この写真は、及川ひとみの祖父、日本名、柳原秀樹だ。東南アジアのどこかの国では、グエン中尉（ちゅうい）という将校でもあるんだ」

「太平洋戦争に関係ありそうですね」

「私が調べたところでは、この祖父は戦時中、特務機関の任務で、太平洋戦争開戦と同時に、東南アジアのビルマや仏印に潜入している。そして、独立運動をやっていた若者に接触して、彼らの運動を助けたんだ。彼は、この写真にもあるように、現地に入ると、本名の柳原秀樹ではなく、グエン中尉と名乗って、主として仏印やビルマで活躍したといわれている」

「仏印は、戦後、国名をカンボジア、ラオス、ベトナムに、ビルマは、のちにミャンマーに変えました。当地では、世界遺産になるような古い寺院や遺跡が、たくさん見つかっていますね。私も行ってみたいものです」

「戦争が終わってから、カンボジアやミャンマー、ラオスでは、たくさんの寺院や遺跡が、世界遺産に指定されている。仏像の研究者も、カンボジアやミャンマーやラオスに出向いている。しかし、戦争中活躍した柳原秀樹のような特務機関の人間のことは、よくわかっていないんだ」

「カンボジアのアンコールワットなんかは、世界的に見ても貴重な文化遺産であり、歴史に名を残していますからね。戦争中であっても、大事に守られていたんじゃありませんか？」

「いや、それがまったく違うらしい。今、カメさんのいったアンコールワットだって戦場になり、弾丸が飛び交っていたと聞いている。世界史に名前の残るような仏像が破壊されたり、持ち去られたりしていたといわれている」

「やはり戦争ですか」

「それで、写真の柳原秀樹だ。彼は、太平洋戦争中、仏印、ビルマを歩き廻った。独立を助けるために、イギリス軍と戦った。その経歴を見ると、日本のスパイ学校を卒業して、仏印やビルマに潜入している。現地人と親しくなるために、アジアの仏教史についても、いろいろと勉強していたはずだ。柳原秀樹自身、もともと仏像について、興味を持っていたのだろうと思うね。それを裏付けるものとして、特務機関の同僚の証言がある。柳原秀樹は、自ら現地の人間になり切って、グエン中尉を名乗っていた。独立運動を助けるため、日本から現地に武器を運んで、現地の独立運動のグループに武器を渡す一方で、彼自身、仏教遺跡に関心を持ち、しきりに仏像の写真を撮っていたというんだ。

　そこで、私はこんなふうに考えた。柳原秀樹は、戦時中、特務機関の人間として、何回も日本と現地との間を往復していた。日本から現地に行く時は、独立運動を助けるための武器を運んだ。それでは、現地から日本に帰る時には、どうしていたんだろうか？　日本に戻ってくる時には、何も持たずに帰ってきたのだろうか？　ひょっとすると、気に入った仏像があると、それを戦火から守るため、密かに、日本に運んでいたのではないだろうか？　とね」

「でも、それは、やってはいけないことですよね？」

「もちろん、犯罪だ。しかし、東南アジアでの戦闘が激化するにつれて、多くの仏教遺跡が戦場になった。弾丸が飛び交って、貴重な仏教遺跡は、簡単に破壊されてしまう。それを見ていた柳原秀樹が、戦火で壊されてしまうくらいなら、密かに日本に運んでしまおうと考えたとしても、おかしくはない。たしかに、これは犯罪だ。しかし、戦場で飛び交う弾丸が、柳原の良心を麻痺させてしまったのかもしれないね。自分が文化の守り手だと、錯覚したのだろう」

「それで、何体かの気に入った仏像を、柳原秀樹は密かに日本に運んできて、どこかに隠したというわけですか？」

「たしかに、そういうウワサが流れていたようだ。その中には、いわば国宝級の貴重な仏像もあったかもしれない。柳原がやったことを、日本側は、もちろん非難したりはしなかったろうし、現地政府や市民は、とにかく戦争を一日も早く終結させることで精一杯だったろうから、貴重な仏像の破壊や盗難については、細かいところまで調べるような余裕など、まったくなかったと思う」

「ところが、戦後七十年を経て、世の中が落ち着いてくると、改めて、仏像や、仏教遺跡が注目されるようになったということですか？」

「カンボジアでもミャンマーでも、ラオスでも、貴重な仏教遺跡が世界遺産になった。さらには、戦闘で破壊された遺跡の修復も始まった。遺跡の修復をする場合、現状がどうなっているのかを把握する必要がある。だから、現地政府も、戦争中に奪われた仏像について調べ始めた。何体かが無くなっていたが、誰が持ち去ったのか、誰が盗んだのか、分からない。破壊された可能性も否定は出来ないだろう。ポル・ポトの時代には、仏教の否定があり、実際多くの仏像が破壊されている。

だが、そうした事実を承知の上で、現地政府は、仏像が消えたことを発表した。今、それが大きな問題になっているんだ。東南アジア諸国の政府と、日本政府の間でも問題になっているし、戦時中、日本の植民地だった韓国政府と、日本政府の間でも問題になっている。

日本人の中でも、戦時中に仏教遺跡から消えた貴重な仏像について、調べる人たちが出てきた。彼等は戦時中に消えた仏像が、今、どこにあるのか、丹念に調べた。その過程で、戦時中、特務機関に所属していた柳原秀樹という男が、密かにこれらの仏像を持ち出して、日本のどこかに隠したというウワサも聞いただろう。柳原秀樹にとって、気を許せる縁者といえば、孫の及川ひとみくらいしかいない。柳原秀樹が持ち去った仏像は、彼が死んだ後は、及川ひとみが持っているか、あるいは彼女が、どこかに隠しているに違いないと、仏像に関心のある人間は思っていたはずなんだ。その及川ひとみが、神戸で殺されてしまった。もし、祖父の柳原秀樹が、問題の仏像をどこかに隠していたとすれば、それは、及川ひとみのもとだったろう」

「いまの話が全て事実なら、本来の所有者である、カンボジアやミャンマーに返さなくてはいけないものですね？」

「盗み取った場合は、その通りだよ。盗み取ったものは、もともとあったところに返さなくてはいけない。だが、どういった経緯で入手したのかが、はっきりしない場合は、一応及川ひとみのものということになるし、彼女が死んだ今となっては、彼女の両親が相続するのだろうね」

「しかし、及川ひとみの両親は、問題の仏像のことを知っているのでしょうか」

「おそらく知らないだろうね。及川ひとみは、おじいちゃん子だったから、柳原秀樹から、仏像のことを聞いていたが、両親は彼と折合いがわるかったのではないかね。そこで、両親が仏像のことを知らないのをいいことに、常日頃から、問題の仏像を何とかして手に入れたいと思っていた連中が、動きはじめたんだ。ここぞとばかりに、自分自身で、あるいは秘書に命じたり、私立探偵を雇ったりして、一斉に及川ひとみが住んでいた六本木のマンションを訪れたのだと、私は考えている」

「自分の物にするためにですか？」

「まずは、あのマンションに、自分の探している仏像があるかどうか、それを調べたかったんだよ。しかし、いくら探しても、自分が狙っている仏像が見当たらないことに腹を立てて、五人は帰っていったというところだろう。あるいは、仏像の手がかりになりそうなものを、持ち去ったりしたんだ」

「それにしても戦時中、柳原秀樹は、いったい、どんな仏像を現地のどこから日本に運んできたんですか？　それが気になります」

「たしかに、それを知りたいね」

「その幻の仏像に絡んで、及川ひとみは殺されたと、警部は、そうお考えですか？」

「今のところ、殺人の動機としては、それ以外には考えられないんだよ」

と、十津川が、いった。

2

兵庫県警の安藤警部は、犯人の動機が分からずに困惑していた。

今回の事件では、女優の及川ひとみと永井光業の社長、永井清太郎が、神戸の異人館の小さなプールの中で、死んでいた。

異人館のある一角は、急な坂道が連続する場所だったが、海を見渡せ、眺望が人気だった。港町神戸を堪能するには、うってつけだということで、以前から、観光客で賑わう場所だったのだ。さらに、死んだ及川は、その美貌で人気があった。異人館と有名女優という組み合わせはマスコミの格好のネタとなり、記者が大挙して訪れ、いろいろ聞いてくるのだった。

もちろん、警察は当初から、二人の死を心中とは思っていなかった。

これは、明らかな殺人である。

犯人は、二人を現場である異人館に呼び出して、殺したのかもしれないし、別の場所で殺して死体を異人館まで運び、小さなプールの中に投げ込んでおいたのかもしれない。

今のところ、そのどちらかは分からないが、問題は動機だと、捜査責任者の安藤は思った。動機さえ分かれば、事件は意外にあっさり解決するのではないかと、安藤は期待していた。

殺された二人のうち、及川ひとみは、東京の若手の女優である。永井清太郎のほうは、京都に永井光業という会社を持つ社長である。

しかし、及川ひとみのマネージャー、高田恵一に聞いても、永井清太郎の秘書に聞いても、二人が前々からの知り合いだったという証拠は、どこからも見つからなかった。

及川ひとみのマネージャー高田恵一は、マネージャーとして、京都の永井清太郎という人物には、一度も会ったことがないし、電話で話したこともないと証言している。名前も初めて聞いたと、困惑すらしている様子だった。

一方、永井清太郎の秘書も、自分が秘書をやっている間、女優の及川ひとみが京都の会社に来たこともないし、死んだ永井社長の口から、及川ひとみの名前を聞いたこともない。永井社長が、及川ひとみのファンだという話も聞いたことはないと証言している。

この二人の証言自体は、別に安藤警部を驚かせたり、ガッカリさせたりするものではなかった。もともと最初から、二人に直接の関係はなく、心中事件ではないと考えていたからである。

犯人は二人を殺した後、心中に見せかけようとして、死体を神戸の異人館のプールに放り込んでおいたのだろうと、安藤は考えている。

二人を殺したことについては、何らかの動機があるはずである。

被害者の二人が、前々から親しい間柄ということであれば、動機も自然にわかるだろう。

しかし、今のところ、二人が、どこかで親しくつき合っていた証拠や証言は一つも見つからなかったし、二人が、お互いをまったく知らなかったということを示す証言の方が、いくらでも見つかりそうだった。

こう見てくると、犯人は二人のどちらかだけに、殺意を抱いたということも考えられた。とすれば、どちらのほうに殺意を抱いたのだろう？

若手女優の及川ひとみを殺したかったのか？　それとも、京都の永井光業の社長、永井清太郎を殺したかったのか？　手がかりがどこかにあるはずなのだが、神戸には、これ以上はなさそうだった。

安藤は、及川ひとみのことを警視庁に、永井清太郎のことは京都府警に、調べてもらっていた。だが、相変わらずどちらからも、二人に何らかの関係があったという証拠は見つかってこない。

　及川ひとみについていえば、若く、美人なので人気はあるが、性格が嫌いだという人間が多いという話が、警視庁から伝わってきた。

　及川ひとみ自身も、好き嫌いの激しい性格で、当然、及川ひとみの周りの人間の方も、彼女のことが大好きだという人間もいれば、逆に、大嫌いだという人間もいる。

　及川ひとみが好き嫌いで殺されたということであれば、容疑者として浮かんでくる人間が何人もいるだろうという報告が、警視庁から伝えられた。犯人を絞り込むどころか、範囲が広がってしまい、安藤はため息をついた。

　一方、京都府警からの報告によれば、永井清太郎は、美術品の取り引きで成功した人物で、現在、彼の経営する永井光業は、従業員百人という中堅の会社に成長している。

　また、永井清太郎個人は、仏像や仏具に関心を持ち、その収集でも知られていると報告があった。

　面識がないことは予期していたが、殺された二人に、接点や共通点がまったく見つからないということがわかり、安藤は内心、ガッカリしていた。そんな時に突然、警視庁の十津川警部から気になる情報がもたらされた。

及川ひとみの祖父、柳原秀樹は、戦争中、特務機関の一員として東南アジアに潜入、独立運動を助けるとともに、仏印やビルマなどの仏教遺跡に関心を持って、写真を撮っていたというのだ。

また、戦争中、柳原秀樹が、仏印やビルマの仏教遺跡から、貴重な仏像を密かに盗み出して、日本に運んだ疑いも、もたれていると聞かされたのである。

なにか、匂（にお）うものがあるように思えた。そこで、詳しい情報を得るために、安藤は単身、東京の警視庁に、十津川を訪ねて行くことを決心した。

この時、安藤警部が十津川に見せるために持参したのは、殺された永井清太郎が個人的に出版した、『アジアの美術品と仏像』と題した写真集だった。

安藤は、東京に着くとすぐ、十津川に、その写真集を見せた。

「この写真集は、神戸の異人館で死体で発見された永井清太郎が、自分で集めたアジアの仏像や、東南アジアの仏教遺跡の写真をまとめた、自費出版の写真集です。二年ほど前に出版されています。兵庫県警では、永井清太郎と、女優の及川ひとみの間には、何の接点もなく、また、何の共通点もないということで、捜査が行き詰って困っていました。

今回、十津川さんが、及川ひとみの祖父、柳原秀樹が戦争中、特務機関に所属し、命令を受けて東南アジアに潜伏し、独立運動を助けていたと私どもに教えて下さいました。しかも、潜入中、仏印やビルマの仏教遺跡から貴重な仏像を盗み出して、密かに日本に運んでいたのではないか、というではないですか。

おかげで、被害者二人の間に、やっと共通点らしいものが見つかりました。及川ひとみの祖父、柳原秀樹については、私も調べました。永井清太郎は、事業で成功した金を使って、高価な仏像を集めたり、仏教遺跡に旅行して写真に撮ったりしているのです。その写真集の中に、彼の談話がのっていますが、そこには、こうあります。

『カンボジアの仏教遺跡を見に行った時、仏像を売っていたので、ニセモノだろうけど土産にはちょうどいいと思って、買って帰った。冷やかしのつもりで鑑定に持って行ったら、驚いたことに、ニセモノの中にホンモノもあったのだ。それをきいて、得をしたと思うよりも、何か策を講じなければ、貴重なカンボジアの仏像は消えてしまうだろう、と危惧(きぐ)した』とね」

「一つ確認しておきたいのですが、この写真集に載っている仏像は、正規のルートを通じて、永井清太郎が買い集めたものばかりなんでしょうね？」

十津川が、写真集のページを繰りながら、安藤に、きいた。

「私も、その点を、ぜひ知りたいと思ったんですが、残念ながら、永井清太郎が亡くなってしまったので、確認する方法がないんですよ。そこで、彼の秘書にきいてみたんですが、すべてではないが、中には、現地の人間に金をつかませて、こっそり盗み出させたものもあるようです。大きな声ではいえないが、生前、永井社長が、そんな話をしていたのをきいたことがあると、秘書は、そう証言していました。写真集では、文化の流出を嘆くような口ぶりなのに、やっていることといったら」

と、安藤が、いった。

「そうすると、共通点は、そこですかね？　安藤さんの今の話で、永井清太郎と柳原秀樹の間に、何らかの関係が見つかりそうですね。二人とも仏像が大好きで、それが高じて時には、盗み出してしまうこともあったということが共通点でしょう。その共通点のために永井清太郎が亡き者にされ、柳原秀樹の孫娘である及川ひとみが殺されたのかもしれません」

と、十津川が、いった。

「しかし、そのような仏像が、はたしてあるんでしょうか？　もしあれば、間違いなく、今回の神戸での殺人の動機になっていると思いますね。永井清太郎や及川ひとみを殺してでも、犯人は、その仏像を手に入れたいと思っていた可能性がありますよ」

「そうですね。その可能性は、大いにありますね」

「それほど貴重な仏像が、世に知られず、日本にあるんでしょうか？　あまりに話が出来すぎているので、誰かが作ったインチキ話のように思えてきました」

安藤が、重ねて、十津川にきく。

「いや、おそらく、日本にはないでしょうね」

十津川の言葉に、安藤は眉を寄せた。

「日本になければ、今度の殺人事件も起きなかったんじゃありませんか？」

と、反発する。十津川は手を振って、

「これは失礼。私が今、日本にないといったのは、正式な形では日本にないということですよ。別の形なら、もしかすると、どこかに隠されているかもしれません。戦争中のどさくさに紛れて、柳原秀樹が持ち出して、秘密裏に日本に運んで、どこかにしまっていることもあるでしょう。あるいは、安藤さんがいわれたように、永井清太郎が東南アジアの仏教遺跡を訪ねていった時、好きな仏像を見ているうちに我慢ができなくなって、現地人に金を摑ませて、盗み出して、密かに日本に持ち込めば、当然、その仏像は、日本のどこかにあることになります」

と、いった。

刑事たちは、念のために仏像の専門家に来てもらい、永井清太郎が自費出版した写真集をチェックしてもらった。

「この写真集に出ている仏像の中に、誰もが欲しがるような貴重な仏像はありますか？」

と、安藤が、きいた。

専門家は、慎重に、写真の一枚一枚を調べたあとで、

「今見た限り、かなり高価なものが載っていますが、刑事さんがいわれたような、その国にとって国宝級の仏像というのは、載っていませんね」

と、いった。

安藤警部は、がっかりした。あと少しで糸口がつかめると思っていたのだが、急に振り出しに戻ったような気さえした。失意のまま、新幹線のぞみに乗って、東京を後にした。

3

安藤警部が、神戸に帰ってから三日目に、自宅でテレビを見ていた十津川は、画面

に、どこかで見たことのある男が映っているのに気がついた。

それは及川ひとみが殺された後、彼女のマンションに突然やってきた五人の中の一人、S大の准教授、白石英司、五十歳だった。及川のマネージャー高田恵一から五人の話をきいたときに、取り寄せた写真で見た顔が、テレビに映し出されていたのだった。

テレビ局の仕事でカンボジアに行き、アンコールワットをバックに、解説をしているのだ。

「アンコールワットほど、世界的に有名な仏教遺跡はありません。このアンコールワットは、太平洋戦争、カンボジア内戦と二度の戦火に見舞われて、かなり破壊され、また、盗難にも遭っています。今、カンボジア政府は、大々的な修復に当たっていますが、ご覧のように、盗まれてしまった貴重な仏像だけは、修復することができません。取り返すしかないのです」

と、白石が、説明している。

番組のカメラは、アンコールワットの奥へ進み、足の指先だけが残っている仏像の部分を写していった。

「ここには、アンコールワットの中でも、もっとも有名で、人々の信仰を集めた仏像があったのです」

　白石は、持っていたアルバムを広げて、そこにあった仏像の写真を写しだした。随分昔のものらしく、白黒だった。

「高さ一メートル五十センチの、立像です。『微笑（ほほえ）みの如来（にょらい）』と呼ばれて、その美しさが昔から有名でしたが、太平洋戦争中に、何者かが足の爪先（つまさき）だけを残して、持ち去ってしまったのです。戦争が終わってから、カンボジア政府が必死になって、その行方を追ったのですが、未（いま）だにどこの誰が持ち去ったのか、そして今どこにあるのかわからないのです。もし、この仏像が単体で競売にかけられたら、数千万ドルから一億ドル、つまり、日本円で数十億円から百億円の値段がつくともいわれるほどです。世界的な仏像として、フランスの私立探偵が、カンボジア政府の依頼を受けて、必死になって探していると聞いています」

　このあと、番組は、カンボジア政府が、仏像の修復に力を入れていること、そしてその作業場を映して、終わってしまった。

　十津川は、否応（いやおう）なしに、及川ひとみの祖父、柳原秀樹の名前を思い出していた。柳原は戦時中、特務機関のメンバーとして、東南アジアに潜入し、独立運動を助けていた。

その一方、アンコールワットから貴重な仏像を盗み出して、日本に運び込んだという暗いウワサも流れていたからである。

今のテレビ番組で、S大准教授の白石は、戦争中、『微笑みの如来』と呼ばれた仏像が何者かによって盗まれ、今でも、その行方が分かっていないと話していた。十津川の勘に、ひっかかるものがあった。

この放送のあと、急に『微笑みの如来』という言葉が、新聞やテレビに出るようになった。正確にいえば、『釈迦如来』の立像である。

この如来像を探そうというグループまで現れた。

カンボジア政府の関係者や、カンボジア政府から依頼を受けた、仏像ハンターといわれる私立探偵が、その『微笑みの如来』を探すために、日本にやってきていた。

ここで無視できないのは、柳原秀樹である。通称、I機関と呼ばれていた特務機関があった。柳原をはじめ、その機関の多くの若者たちが、太平洋戦争では東南アジアの植民地に潜入し、独立運動を助けている。

柳原が戦時中、アンコールワットで『微笑みの如来』を見つけて、いたく感激し、日本に運んできたというウワサを信じる者もいたのだ。ただ、I機関の人間たちは、戦後七十年が経った今、すでにあらかた死亡していた。

4

十津川は、戦争中の特務機関について調べることにした。亀井と二人で、まず、特務機関に詳しい栗原というジャーナリストに会った。

「先日、テレビを見ていたら、アンコールワットの遺跡を紹介する番組をやっていました。その中で、『微笑みの如来』と呼ばれる有名な仏像のことを紹介していたんですが、太平洋戦争中に、何者かに盗まれてしまって、いまだに行方が分からないと、いっていました。テレビでは、その仏像は、ヨーロッパかアメリカ、あるいは、日本に密かに運び込まれているのだと、解説していました。これは、本当でしょうか？」

十津川が、きくと、栗原は、

「そのウワサは、私も聞いたことがあります」

と、いう。

「栗原さんは、このウワサを信じているんですか？」

「そのウワサの中には、日本人が戦争中に盗み出して、持ち帰ったというようなものもあるようですが、私は、そういうウワサについては、まったく信じておりません。それよりも、私が重視したのは、太平洋戦争中、カンボジアが戦場になっていたことです。戦争になれば容赦なく、アンコールワットでさえも、大砲が撃ち込まれてしまいます。

柳原秀樹は、貴重な文化遺跡が破壊されていくことに、どうにも耐えられなかったと思います。このままむざむざと破壊されてしまうのなら、何とかして遺跡の一部だけでも守ろうと考え、貴重な仏像を日本に持ち帰ったのではないか、と思うのです。あくまでも、遺跡を破壊から守ろうとして、そのために、やむを得ずやったことだと思います。もちろん、戦争が終わった今、もし、その仏像が日本にあるのなら、すぐカンボジア政府に返さなくてはいけませんが」

と、栗原が、いった。

「問題の『微笑みの如来』ほど有名ではない仏像が、何点か持ち去られたのは本当ですか？」

「残念ながら、事実です。しかし、盗まれた仏像が、今、どこにあるのかがわからなくて、カンボジア政府も困っていると思います。盗んだ人間が金に換えようとマーケットに出せば、取り返すのも楽ですが、仏像の愛好家が、苦労して手に入れた仏像を、表には出さずに隠してしまって、自分一人だけで、こっそり鑑賞しているというケースが多いのです。ですから、仏像というものは、一度盗まれてしまうと、なかなか見つからないのです」

「日本にも、東南アジアの貴重な仏像が、何点か運び込まれている。そう考えてもいいのでしょうか？」

と、亀井が、きいた。

「そうですね、何点かあると思います。特に戦争中、東南アジアで独立運動に加わっていた現地の人たちは、日本軍の助けも欲しいし、弾丸や大砲などの武器も欲しかったので、自ら貴重な仏像を、日本人にプレゼントしたこともあったと聞いています」

「その場合の仏像の所有権は、どういうことになるのでしょうか？」

十津川が、きいた。

「現在の持ち主である日本人から自発的に返せば、それがいちばんいいのでしょうが、彼らも戦争中、命がけで、東南アジアの独立運動を手助けした。そのお礼として仏像をもらったのであって、盗んで日本に持ってきたものではない。だから、別に返さなくてもいいのではないか、と考えることもできます。それで、この問題は、いっそう難しいことになってしまうのです。仏像が誰のもとに帰属するのかという問題は、そう簡単に解決はしないと思います」

　と、栗原が、いった。

「たしかに、考えれば考えるほど難しい問題のように思えてきました。例えば、ミャンマーに行って、ミャンマー人から仏像を買い取ったとしても、仏像は、そのミャンマーの人が、どこかから盗んできたものかもしれませんからね。ですから、簡単に日本人のものかどうか決められませんね？」

　十津川が、いった。

「そうです。その仏像の来歴を調べる必要があります」

「この問題の難しさについて、ほかにも何か、具体的な例がありましたら、教えてくれませんか？」

　十津川が、いうと、栗原は、手帳を取り出して、

「そうですね」

　と、いいながら、盛んにページを繰っていたが、

「ああ、これです。例えば、こんなこともあったといわれています。戦争中の話ですが、日本軍がビルマに侵攻した時、現地で独立運動を戦っていた若いビルマ人のグループに対して、自分たちは、君たちの独立運動を助けるために、ここに来たと伝えた

のです。彼等は、日本軍に協力して、イギリス軍と戦いました。

　その時に、独立運動をやっていた若者たちの中に、のちに、ビルマの大統領になる青年もいました。彼は、日本軍に感謝して、貴重な仏像を御礼だといって、日本軍の連隊長に差し出したそうです。ビルマはとても貧しいので、仏像しか差し上げるものがない。彼に、そういわれて、連隊長は、申し出をむげに断るわけにもいかず、仏像をもらって、日本に運んだというのです。そのまま現地に置いておいて、戦闘で貴重な仏像が破壊されてしまうのが心配だったから、日本に運んだのだと、連隊長は、証言したそうです。その連隊長も亡くなって、現在、未亡人が、仏像を管理しているらしいのですが、一方のビルマ側も、政権が交代して、仏像のことなど、次の大統領は、まったく知らないし、関心もないので、日本に対して、これまで仏像の返却を要求することもなかった。今では国名まで、ミャンマーに変わりました。そんな話もあるのです」

「しかし、厳密にいえば、仏像は、ミャンマーのものですから、先方に返すべきですね？」

　と、亀井が、きいた。

「もちろんです。しかし、のちに大統領になった人間が、自分たちを助けてくれた御礼だといって差し出した仏像ですからね。その時点で、日本人の連隊長のものになったという解釈だってできるでしょう。そう考えれば、仏像は、連隊長が亡くなれば、当然、未亡人のものということになってきますね」

と、栗原が、いった。

「仏像は、今でも未亡人のところにあるんでしょうか？」

「あると思いますよ。大切にしているはずです。ミャンマー政府が、仏像の返還を要求してくれば、未亡人は返すでしょうが、要求がない限り、未亡人は、仏像を夫の形見だと思って、いつまでも自分の手元に置いておきたいと思うのではありませんか」

と、栗原が、いった。

翌日、自宅から捜査本部に向かう途中の車内で、ラジオがびっくりすることを、十津川に伝えた。

アナウンサーが、いった。

「テレビ局の依頼を受けて、アンコールワットを訪問中のS大准教授の白石英司さん、五十歳が、昨日の夜、滞在先のプノンペンのホテルで、何者かに殺害されました。ドアは開いたままで、押し入った形跡もなかったため、おそらく、白石さんと顔見知りの人間が凶行に及んだものと思われます。現地より詳しい情報が入りましたら、改めてお伝えします」

十津川はニュースに敏感に反応した。

十津川の、刑事としての勘かもしれない。とにかく、遠いカンボジアでの殺人だが、間違いなく、これまでの一連の事件と関係があると、直感したのだ。

S大学准教授・白石英司の妻、ゆみさんがカンボジアに行くときいて、十津川は、亀井刑事に同行させることを決めた。

白石英司は、カンボジアの首都プノンペンのホテルで殺されていたから、二人はその地を目指した。

亀井刑事は、その機内で、カンボジアの知識を頭に叩き込んだ。

○カンボジア

正式名称　カンボジア王国

面積　一八万一〇三五平方キロ

人口　一四七〇万人

首都　プノンペン（百万都市）

民族　クメール人（九〇パーセント）

華僑（五パーセント）
ベトナム人（五パーセント）
宗教　仏教
言語　クメール語
通貨　リエル
政体　立憲君主制
元首　ノロドム・シハモニ国王
首相　フン・セン
産業　農業（ゴム、トウモロコシ）、林業、漁業

○アンコールワット
シェムリアップ市の北五キロにあるクメール族の残した遺跡。

十二世紀初めアンコール王朝のスーリヤヴァルマン二世の時、三十年の月日をかけて完成。初めは、ヒンドゥー教の祠堂であったが、十四世紀に仏教寺院に変わった。東西一五〇〇メートル、南北一三〇〇メートル、幅一九〇メートルの堀を巡らした中に、三重の回廊に囲まれた中央祠堂がある。一九九二年、アンコール遺跡群として世

界危機遺産に、二〇〇四年には世界文化遺産に登録された。

戦争の被害にあい、クメール・ルージュの時代にも、宗教は必要なしとして、破壊された。このとき、多くの仏像の首がはねられたが、現在はその修復が行われている。

プノンペンで、白石ゆみが、夫の遺体の確認に当たっている間、亀井は、現地の通訳を一人つれて、アンコールワットに出かけた。

機内で、データは把握していたが、実際にみると、とにかく、広い。正面にある聖池が鏡のように、伽藍（がらん）を映し、荘厳（そうごん）な空気が漂っていた。

だが、近づいてみると、至るところが壊れ、傷（いた）んでいた。修復に当たっていると聞いたが、まだまだ戦後のままにも見えた。

壊れている仏像もある。通訳にきくと、失われた仏像も多いという。誰が持ち去ったのか、不明だというのだ。

仏教的なものも、ヒンドゥー的なものも、そのままに残されている。この遺跡の辿（たど）ってきた歴史がそのままに刻まれているのだった。

通訳は、昔はもっとたくさんの仏像があったと語った。ほとんどが散逸し、奪われた仏像の中で、最高のものは、やはり釈迦如来像だったと、亀井に教えてくれた。

第五章　有馬温泉

1

　その男は、東京駅構内から歩いてきて、丸の内側タクシー乗り場へ並ぼうとした。いや、実際に並ぼうとしたのかどうかは分からない。男は列のいちばん後ろに来て、いったん立ち止まり、直後に小さな悲鳴を上げ、その場で崩れ落ちてしまったのである。

　大量の血が、男の体の下から敷石に流れ出ていく。

近くにいた若いカップルは悲鳴を上げ、駅員と鉄道警察隊の警備員が、二人飛んできた。

ただちに救急車が呼ばれ、男は、東京駅近くの病院に運ばれたが、間に合わなかった。ほとんど即死の状態だったのだ。手当にあたった医者によると、死んだ男は、背中から背広を通して三カ所、鋭利な刃物で刺されており、一カ所は、心臓にまで達していたという。おそらく、その一撃が致命傷になったのだろうと、医者は、いった。

事故などではない。これは、明らかに殺人である。

まず、丸の内警察署から所轄（しょかつ）の刑事がやって来て、初動捜査が始まった。

被害者の所持品から、身分証明書とともに、何枚かの名刺が見つかった。

男の名は、持田大介。身分証明書や名刺には、私立探偵と記してあったが、日本は外国と違って、私立探偵は免許制ではないから、勝手に身分証明書を作り、私立探偵を名乗っていただけかもしれない。

といっても、殺人事件であることは、はっきりしているので、警視庁捜査一課の十津川班がやって来て、所轄の刑事たちと交代した。

十津川は、持田大介という被害者のことを知っていた。

いや、これは、正しいいい方ではない。正確にいえば、その男の名前を聞いたことがあったのである。

神戸の異人館で、及川ひとみという若い女優が殺された直後、彼女の所有する、六本木の超高層マンションの部屋を見に来た男女が五人いた。持田大介というのは、たしか、そのうちの一人である。

ただ、十津川は、この持田大介という私立探偵には、直接会ったことがなかった。及川ひとみのマネージャーの高田恵一から、名前だけはきかされていたのだが、その持田大介が、東京駅で殺されたのである。

死因は、監察医からきいた。たしかに背後から鋭利な刃物で、三カ所刺されており、心臓にまで達した傷の一つが、致命傷になったという。

東京駅の構内にある監視カメラに録画された映像を、詳細に見ていくと、持田大介の姿は、三カ所のカメラでとらえられていた。

新幹線ホームのほうから、東京駅の構内を歩いてくる、持田大介が映っている。それが一カ所目。

次に、改札口を出て丸の内方向に歩く姿。これが二カ所目。

最後は、タクシーの乗り場に向かって歩いているところ、それが、三カ所目である。

カメラの残した映像には、持田大介のすぐ後ろを、かなり大柄な男が歩いているのが、はっきりと映っていた。

この大きな男が、いきなり背後から、持田大介を刃物で刺したのだろうか？

持田大介は、東京駅構内を、新幹線ホームのほうから、丸の内のタクシー乗り場に向かって歩いているように映っているから、新幹線で、東京に戻ってきたところかもしれない。少なくとも、東京駅から、どこかに向かって出発していくという感じではない。帰ってきた、という印象が強いのだ。

十津川は、まず、所持品を丁寧に調べてみることにした。

持田大介の所持品は、多くはなかった。

まず、革の財布があった。中には、一万円札が十四枚と千円札五枚が入っていた。

二つの鍵がついているキーホルダー。おそらく、自宅のキーと車のキーだろう。

そして、黒いビニールの名刺入れ。「私立探偵　持田大介」と書かれた名刺が五枚、入っていた。

携帯電話の通話記録は、持ち帰って調べることになった。ほかにはハンカチも持っていたが、所持品と呼べるものは、それくらいだった。

しかし、もう一つ、十津川が注目したものがあった。それは、背広の、右の外ポケットに入っていた封筒である。

金文字でデザインされた、いかにも豪華な封筒の中に入っていたのは、一通の奇妙な招待状だった。

宛て名は、持田大介とはなっていなかった。というよりも、まだ宛て名の書かれていない封筒に入った招待状である。

招待状には、次の言葉が並んでいた。

「御招待

突然のお便りをお許し下さい。

皆様もよくご存じのように、カンボジアのアンコールワットには、ヒンドゥー教から仏教に転換する時点で作られた、貴重な仏像がありました。現在の阿修羅像に多大な影響を与えたといわれるもので、長らく行方不明になっていましたが、このほど、ある筋から私どものオークションに出品されることになりました。今世紀最大の朗報であります。

そこで今回、仏像に造詣が深く、アンコールワットにも関心をお持ちの皆様方だけに、北神戸の有馬温泉内『グランドありま』の鳳凰(ほうおう)の間に集まっていただき、オークションに御参加いただきたく、ご招待状を差し上げることにしました。

　これは、悪質ないたずら、詐欺(さぎ)まがいの勧誘といった行為ではございません。その仏像を、私ども日本特別美術連盟が保管していることは間違いございません。

　この阿修羅像が、果たして誰の所有なのかについて、以前からさまざまな解釈や議論がなされ、最近まで、誰の所有物なのかは定まっておりませんでした。が、現在の所有者に関しては当方で確認をとり、その正当性は、疑いの余地がありません。当然、証明書も用意してございます。

　したがって、この阿修羅像を所持するだけの見識と資金をお持ちの皆様方に集まっていただき、オークションをしていただきたいのです。

　ただし、私どもとしては、アンコールワットや仏像に関心のない方には、参加していただきたくありません。

　そこで、大変恐縮ですが、お一人当たり二十万円の参加料を、当日、御持参下さい。二十万円をお支払いくださった方だけに、当日参加していただきたいと考えております。

主催　日本特別美術連盟
会場　有馬温泉　グランドありま　鳳凰の間
（神戸電鉄有馬温泉駅から徒歩五分）
日時　六月十二日　午後六時より

なお、この件に関するお問い合わせには、一切応じられません。
なぜなら、今回御招待する皆様は、出品される仏像について、すでに多くの知識をお持ちの上、その価値をよくご存じの方たちばかりだからです。以上。

日本特別美術連盟」

これが、招待状に書かれた全文だった。
十津川は、招待状を机の上に立てて、しばらく、目を細めて眺めていた。本物のようにも見えるし、まったくのでまかせのようにも見えるが、十津川は次第に、本物らしいと思えてきた。

そう思えるのは、神戸での及川ひとみの事件と、カンボジアでの白石英司の事件があったからである。特に、カンボジアには亀井を送って、現地の情報も持ち帰らせていた。その矢先の凶事には、何か共通点があると感じられた。

仏像とカンボジア、そして持田大介。その持田のポケットに入っていたのが、この招待状である。

招待状の後半には、「主催　日本特別美術連盟」とあったが、なぜか、住所も電話番号も、書かれていなかった。これでは、問い合わせることもできない。部下に調べさせても、そのような団体は見当たらないという。

結局、十津川は、この招待状の真贋を、自分だけでは判断しかねて、美術の専門家に、話を聞いてみることにした。

2

十津川は、長年、仏像に関して研究し、何冊もの本を出している、国立大学の青木という名誉教授に電話をし、簡単に事情を説明した。そして、今夜、食事をしながら詳しい話を聞きたい旨を告げた。

青木からすぐにＯＫが出て、その日の夜、いつも使っている新宿東口の天ぷら屋「天ゆめ」にある個室で、青木名誉教授に会うことができた。

十津川は、カンボジアから帰国したばかりの亀井を連れて、天ぷら屋に行った。

しばらく世間話をした後、

「先生、まずは、これを見ていただけませんか？」

十津川は、食事の途中にもかかわらず、持参した問題の招待状のコピーを取り出し、青木名誉教授に示した。

青木は、問題の招待状の文面を一読した後、ビールを一口飲んでから、十津川に向かって、いった。

「面白いものが出ましたね」

「先生は、主催者の日本特別美術連盟というのを、ご存じでしたか？」

「いや、まったく知りませんね。日本美術連盟という有名な団体があって、そこはよく知っていますが、『特別』がついた団体は、私は聞いたことがありません。何となく、この特別という文字が、私にはいかがわしく思えますね。こういう言葉を、団体につける輩（やから）は特権意識があるように感じます」

と、いって、青木が笑った。

「しかし、そこに書かれてあることですが、まったくのデタラメというわけではないようにも感じますが？」

「そうですね」

と、青木は、かぼちゃの天ぷらを、口に運んでから、

「たしかに、カンボジアのアンコールワットから、太平洋戦争中、貴重な仏像が、何者かによって盗まれたことは間違いありません。これは様々な資料からもわかる、本当の話です。戦後、やっと安定したカンボジア政府が必死になって、その行方を探していますが、発見には至っていません。いや、カンボジア政府だけではなくて、この仏像に関心がある人、何とかして、この仏像を手に入れたいと思っている人は皆、今こうしている間にも、一生懸命探しているでしょうね」

「だから、信用できると？」

「もう一つ、阿修羅像とはっきり書いてあるでしょう。今までは失われた仏像は、如来像だとか、釈迦像だとか、言われてきましたが、実は、十四世紀の阿修羅像だというのが、最近では定説になっているんです。ヒンドゥー教から仏教と、人々の信仰が変わり、さらには戦火が続く中、阿修羅像がなぜか如来像として、まつられるようになってしまったようなのです。如来像だといって競売にかけようとしているなら偽物

ですが、この招待状にはちゃんと阿修羅像と書いてありますから。如来像だと思っている人を篩にかけることができますしね。カンボジアに住む人たちですら、失われた仏像が、如来像だと思っているようですし」

「先日までカンボジアにいましたが、確かに、現地でも、アンコールワットから失われたのは、如来像だったといっているんですから」

と、亀井が驚く。

「その阿修羅像は、どのくらいの価値があるんですか？」

「簡単に答えるのは、難しいですね。おそらく、カンボジア政府にいわせれば、国家的財産でしょう。国宝ですよ。世界的に見たらもっとすごい。一体の仏像だけで、世界遺産と同じ価値があると思います。個人的な美術品の収集家から見れば、何億円、いや、十億円以上出しても手に入れたいと願う仏像に違いありません。何しろ、カンボジアが、ヒンドゥー教から仏教に移る時に作られた阿修羅像ですから、美術史的な価値があるのはもちろんですが、歴史的にも大変貴重なものなのです。世界に二つとない、第一級の仏像といってもいいでしょうね」

「しかし、その古い阿修羅像ですが、これは、いったい誰のものなのでしょうか？普通に考えれば、アンコールワットから盗まれたものですから、カンボジア政府のものだと思いますが」

と、十津川が、きいた。

「たしかに、一般的には、そう思われていますが、そう簡単ではないのです。そこには、複雑な事情が絡んでいますから」

「と、いいますと？」

「太平洋戦争と、その後の混乱期を乗り越えたカンボジア政府は、財政的に困窮していました。にもかかわらず、大規模な事業に資金が必要で、問題の阿修羅像を外国政府、あるいは、個人資産家に売り渡した可能性もあるからです。売却資金を使って、当時のカンボジア政府が、国家的な事業をやったとすれば、当然、この阿修羅像は、カンボジア政府が売り渡した相手のもの、ということになります。その後の政変を経て安定した、現在のカンボジア政府が、元々あったアンコールワットに戻そうとすれば、それなりの金額で買い取らなくてはなりません。ですから、仮に仏像を持っている人間が分かったとしても、そう簡単にいかないのですよ」

と、青木名誉教授が、いった。

「なるほど。それでは、現状、この阿修羅像は、行方不明になっているそうですが、どこにあると思われますか？」

「それは、私にも分かりませんね。何しろ、その古い阿修羅像は、なくなった経緯そのものが、はっきりしていないのです。太平洋戦争の時、日本軍が奪い取っていったという人もいれば、今も申し上げたように、カンボジア政府が資金難の時、進んで外国に売ってしまったのだという人もいます。そして今は、アメリカ人の富豪が持っている、あるいは、中国人のとてつもない金持ちが、密かに自分の別宅に置いて楽しんでいるという話もあります。及川ひとみさんが持っていたという人もいます。彼女のおじいさんは、戦時中、東南アジア諸国と密接な関係を持っていましたから。しかし、決め手がなくて、どれも全面的には信用できません。ですから、分からないというしかないのですよ。刑事さんを前にしていうのも何ですが、証拠となるものがなく、仮説の域をでないのです」

「すると、この招待状に書いてあることは、本当なんでしょうか？　招待状には、持ち主は分かっている。実際にオークションにかけるので、参加してくれと書いてありますが、信用できますか？」

と、亀井が、きいた。

「この招待状だけでは、それも分かりませんね。ただ、先日、神戸の異人館で、及川ひとみさんと男性が殺される事件があったでしょう？　あの事件の後、問題の仏像が、世の中に出てくるかもしれないというウワサが流れたんですよ。ですから、神戸の殺人事件と阿修羅像が、何か関係しているのかもしれませんね」

「神戸の殺人事件とその仏像が、どうして関係しているんですか？」

「どうしてかはわかりません。私が知っているのは、確かにウワサが流れたということだけです」

「それは、どの辺から流れたウワサなんですか？」

「私なんかは、美術品の中でも、主として仏像に関心があって、いろいろと調べていました。阿修羅像がどこにあるのか、ということも当然研究の対象です。同じように仏像に興味を寄せる仲間は、日本中にたくさんいて、その仲間内で流れたウワサです。いつの間にか、そのウワサは、消えてしまいましたね」

「どうして、そんなウワサが流れたり、消えたりしたんでしょうか？」

と、十津川が、きいた。

「そうですね」

と、青木は、箸(はし)を持ったまま、考えていたが、

「うがった見方をすればですね、実際に、問題の仏像を持っている人間がいるとします。その人間が自らウワサを流して、世の中の反応を見ようとしたんじゃありません

かね。例えば、あの仏像はカンボジアのものだから、すぐカンボジアに返せという人が多いようなら、おもてに出すことを止めてしまおう。逆に、何としてでも、その仏像が欲しいという人が何人もいれば、売ってもいいと考えたのではないでしょうか？美術の世界では、以前にも、似たようなケースがありましたから」

と、いう。

「ところで、私も亀井刑事も、問題の仏像がどんなものなのか、まだ一度も見たことがないんです」

「十津川さんが、さっきの電話でそんなことをおっしゃっていたので、参考になるのではないかと思って、本を持ってきましたよ」

青木は、分厚い大きな写真集を、カバンから取り出して、テーブルの上に置いた。

そして、その写真集の真ん中あたりを開いて、

「ああ、これです。これが問題の阿修羅像ですよ」

と、そこに載っている写真を指さした。

十津川には、その仏像とよく似たような仏像を見た記憶があった。そのことをいうと、青木は微笑して、

「おそらく、十津川さんがご覧になったのは、奈良興福寺の阿修羅像でしょう？こ

のアンコールワットの仏像よりも洗練されていて、美男子だというので、人気のある仏像ですが、こちらの写真の阿修羅像は、全く別のものです。素材が石ですしね」

「この写真集は、一般に売られているんですか？」

と、亀井が、きいた。

「以前は売られていましたが、随分前に、絶版になってしまいましたから、入手は難しいと思います。私は、大学の図書室から借りてきました。国会図書館にも、同じものがあるはずです」

「そうすると、この本があれば、ニセモノが作れますね？」

と、十津川が、いうと、青木がまた笑ったのは、十津川の言葉が、いかにも刑事らしいと思ったからに違いない。

「そうですね。これは石造で、高さ一メートル五十センチ。かなり大きなものです。現在の技術をもってすれば、ニセモノを作ろうと思えば、もちろん作れるでしょうし、本物を知らなければ騙すことも可能でしょう」

と、いってから、青木は、もう一度、招待状に目をやって、

「十津川さんは、この招待状が、犯罪に使われるのではないかと心配なんでしょうね？」

「そうですね。その可能性はあると思っています。何しろ、われわれ刑事は、どんなことでも、物事を悪いほうへと考えますから」

「この招待状にある主催者、日本特別美術連盟に電話をして、聞いてみたらいかがですか？」

と、いった。

「実は、私もそうしようと思ったんですが、このような団体は、確認できませんでした。その招待状には、肝心の連絡先も書いていないのですよ。住所も書いてありません。連絡を取りたくても、取りようがありません」

「なるほど。その点も、何とも怪しげな感じですね」

青木が、いぶかしむのに対して、十津川は、首を小さく横に振って、

「いや、私には、住所や電話番号などの連絡先を書いていないことが、逆に本物のように感じられるのです」

「それじゃあ、会場ということになっているホテルのほうはどうですか？　有馬温泉の『グランドありま』というのは、実在しているんですか？」

と、青木が、きく。

「調べましたが、実在する立派なホテルです。ホテルにはここにも書かれている鳳凰

の間があって、六月十二日の午後六時から、日本特別美術連盟という団体が予約していることも、確認しました」

十津川が、いうと、青木は、しばらく食事の手を休めて、じっと天井を見つめながら、考えていた。天ぷらは冷たくなっていくが、三人のうち誰も、そのことを気にしてはいない。

「十津川さんも、この有馬温泉のホテルに行かれるのですか？」

「東京駅で殺された男が持っていた招待状ですからね。もちろん、六月十二日には行こうと思っています」

と、十津川が、いった。

「ちょっと、待ってください」

と、いって、青木は、急に携帯を取り出すと、電話を始めた。

そして、通話を終えると、十津川に向かって、ニッコリした。

「今、家に電話をしましたら、私のところにも、同じ招待状が来ていると、息子が教えてくれました」

と、青木が、いった。

3

十津川は、捜査本部に戻ると、亀井刑事と、青木名誉教授の話について意見を交換した後、若い刑事に、明日、国会図書館で、問題の写真集をコピーしてくるようにと命じた。

さらに、亀井に、

「国立大学の青木名誉教授は、問題の仏像は、大変に有名なものだと、いっていたね。それが市場に出るとなると、何億円、いや、十億円以上出しても買いたいという人間が、出てくるに違いないという話だった」

「青木名誉教授は、そういっていましたね。しかし、私は刑事ですから、考えはちょっと違います」

と、亀井が、いう。

「どう、違うんだ？」

「問題の仏像が何億円しようと、何十億円しようと、私には、あまり関心がありません。それよりも、殺された及川ひとみや白石英司のことです。特に、及川ひとみの死後、彼女のマンションにわざわざ行って、写真を撮ったり、部屋の中を何やら探し回ったりした連中がいましたが、彼らも、この招待状をもらって、六月十二日に有馬温泉の、『グランドありま』に行くのでしょうか？　仏像の値段よりも、私には、そのことのほうが、気になります」

「それなんだよ。私も、今いちばん知りたいと思っているのは、そのことなんだ。あの時、突然、及川ひとみのマンションを訪ねてきた人間は、全部で五人いた。どうも彼等が狙(ねら)っていたのは、この阿修羅像なんじゃないかと思えるんだ。今、生き残っている三人に電話をして、反応を見てみようじゃないか」

と、十津川が、いった。

六月十二日までは、まだ三日あるので、十津川は、三人に電話してみることにした。

及川ひとみの死後、彼女のマンションを訪れた五人のうち、持田大介と白石英司は、死んでいる。

まず、殺された及川ひとみと、六本木のマンションを共同で所有している永田慶介である。

しかし、会社に電話をしても、自宅に電話をしても、彼は不在だという。

二人目は、占い師の渡辺かなえだが、電話口には、秘書が出て、

「先生は留守です」

と、いい、十津川が、彼女の行き先を尋ねると、

「今日、先生は、プライベートの用事でお出かけになったので、どこに行ったのか分かりません」

と、いわれてしまった。

最後は、宗像出身だという荒木平吉という男だが、こちらは住所も電話番号も分からず、本人に連絡をつけることができなかった。荒木というのが、本名なのかどうかも分からない。

「荒木の連絡先は分からないが、永田は連絡がつかず、占い師は秘書が出ても、本人が、どこに行ったか分からないといっている」

「三人ともですか？」

と、亀井が、聞く。

「そうなんだよ。少しおかしいとは思わないか？」

「そうですね。たしかに、おかしいですね。ひょっとすると、問題の招待状が送られてきたので、姿を隠したのかもしれませんよ」

と、亀井が、いった。

持田大介が東京駅で殺されたことを考えると、亀井のいったことは事実かもしれなかった。

「こうなると、六月十二日には、われわれも、有馬温泉に行かなくてはならなくなってくるな。カンボジアから帰ってきたばかりなのにすまないが、一緒にきてくれるか?」

と、十津川が、亀井に、いった。

「もちろんです。ホンモノの仏像にも、興味がありますから」

と、亀井が、いった。

4

十津川は、翌日の夕方開かれた捜査会議で、国立国会図書館で複写してきた写真集の中の、問題の仏像の写真が載っているページを示しながら、三上本部長に、招待状の件を報告した。

その招待状を、捜査本部のプロジェクターで、大きな画面に映しておいて、

「持田大介の背広の外ポケットに入っていた招待状が、これです」

「不思議な招待状だね。今まで、問題の仏像がどうなっているのか、誰が持っているのか、まったく分からなかったんだろう？」

三上本部長が、疑問を投げかけた。

「そうです」

「それが突然、見つかったというのも、競りにかけられるというのも何となく唐突すぎるね」

「本部長のいわれる通りです。私も、同じ感想です。それに、招待状にある、主催者の日本特別美術連盟というグループですが、調べてみても実在する団体かどうか、わかりませんでした。住所も電話番号も書いてありません。代表者もわかりませんから、連絡のしようがないのです」

「たしかに、それもおかしいな。もしかすると、問題の仏像をネタにして、詐欺を働こうとしているんじゃないのかね？」

と、三上が、いう。

「私も、最初は、本部長と同じように考えました。しかし、昨日、この仏像について話を聞くため、仏像を研究している青木という国立大学の名誉教授に会って、考えが変わりました。なぜなら、彼のところにも、この招待状が届いているというのです。

主催者の日本特別美術連盟は、まったくの秘密裏に競りをやろうというのでは、ないようなのです。仏像に関心のある人たち、あるいは、何億円出しても、この仏像が欲しいと思っている人たちには全員に、招待状が出されているのではないかと思います」

「他に何か報告すべきことはあるか？」

「神戸で殺された及川ひとみのマンションにやって来た五人ですが、白石英司、持田大介は殺されてしまいました。宗像からやって来たという荒木平吉という男は、連絡先が分からないため、いま現在も連絡が取れておりません。ほかの二人、永田慶介、渡辺かなえも、会社にも自宅にもおりませんし、携帯にかけてみても、留守番電話になります」

十津川が、いうと、三上本部長が、首を傾げて、

「連絡が取れないというと、逃げたのか？」

「いや、そうではないと思います」

「君が、考える根拠はなんだ？」

「たぶん、この居場所の分からない二人にも、この招待状が届いているのだと思います。だから、姿を消したのだと思いますね」

「招待状が届いたからといって、どうして、姿を隠す必要があるのかね？　その点が、私には分からないのだが」

「白石英司や持田大介が殺されたのをみて、怖くなったのでしょう。もしくは、彼らにも、何か企んでいることがあるのかも知れません。それで、六月十二日まではどこかに姿を隠しているが、当日の夕方六時には、間違いなく、有馬温泉の『グランドありま』に行っていると思いますね」

「ところで、問題の仏像だが、競りに出された場合、いくらぐらいの値段がつくものなのかね？」

　と、三上が、きいた。

「その点は、仏像の専門家ではない私には、まったく分からないのですが、青木名誉教授にきいたところ、個人的に手に入れようとするような人物なら、おそらく、何億円でも十億円以上でも出すだろうということです。もちろん、元々は、カンボジアのアンコールワットにあった仏像ですから、所有権がどこにあるかが問題ですが」

「今、問題の仏像が、画面に映っているのだが、いったい、どういう仏像なんだ？」

「これも、青木名誉教授の受け売りですが、カンボジアでは、古来、ヒンドゥー教の影響が強く、以前からシヴァ神やヴィシュヌ神の像が作られてきたそうです。しかし、十四世紀頃から仏教が入ってきて、ヒンドゥー教と仏教が入れ替わります。その転換期に作られたのが、問題の仏像です。美術史的にも歴史的にも大変貴重な仏像で、青木名誉教授も、だからこそ、欲しいという人は、十億円以上出したとしても、絶対に手に入れたいと思うだろう。それぐらい価値のある仏像だと」

「しかしね、君も、もちろんよく分かっていると思うが、君に与えられている任務は、問題の仏像を探し出すことではないぞ」

と、三上本部長が、いった。

十津川は、思わず苦笑して、

「もちろん、よく分かっております。私の任務は、高田恵一が襲われた強盗事件と東京駅で殺された持田大介の事件の解決に当たることです。そのことは十分承知しております」

「それが分かっているならいい。そこで、一つ確認をしておきたいのだが、どういう捜査方針で、今回の事件に向かおうと思っているのかね？　考えを聞かせて欲しい」

「問題の招待状ですが、これは明らかに、先日、神戸の異人館で殺された及川ひとみの殺人事件と、どこかでつながっていると思っています。なぜなら、及川ひとみが殺された途端に、東京の六本木にある彼女の自宅マンションに、五人もの人間が、次々に押しかけてきました。東京駅で殺された持田大介も、その一人でした。したがって、その持田大介を殺した犯人も、神戸の殺人事件と、どこかでつながっていると、私は考えています。カンボジアで殺害された白石英司も、同じつながりという線が強いでしょう。白石准教授は、カンボジアの仏像の調査をしていましたし、持田大介の死体からは、カンボジアから消えた、貴重な仏像のオークションの案内状が見つかりました。そこで、私は亀井刑事と、六月十二日の午後六時から、有馬温泉の『グランドありま』の鳳凰の間で開かれるという、オークションに出席しようと思っています。その時、兵庫県警の安藤警部とも会って、今回の事件と先日の事件、そして、この招待状についても意見を交換しようと思っています」

と、いった。三上は、うなずいた。

5

翌朝早く、十津川と亀井は、新幹線で神戸に向かった。

前もって連絡をしておいたので、新神戸駅には、兵庫県警の安藤警部が、パトカーで迎えに来てくれていた。

県警の捜査本部で、県警本部長に挨拶した後、三人で、東京で起きた事件との関係を話し合うことにした。

安藤警部は、県警本部の会議室に、十津川と亀井の二人を案内した。そこでコーヒーを飲みながら、十津川は、

「これを見てください。なかなか豪華にできている招待状です」

と、東京から持ってきた問題の招待状を、安藤警部に見せた。

「たしかに豪華ですね。金文字が入っていますよ」

安藤は、招待状を取り出し、そこに書かれている文字に目を通していたが、

「問題は、これが本物かどうかということでしょうね。単なる金儲けや、人集めを図っているのなら、明らかに詐欺ですから」

「私も最初は、詐欺の恐れがあると思ったのですが、調べてみると、どうやら違うようなのです」

「どうして、そう思われたんですか？　何か根拠があるんですか？」

と、安藤が、きく。

「仏像に詳しい国立大学の青木という名誉教授にも、同じ招待状が来ているそうです。有識者にも来てもらいたいと、相手は考えているようです。青木さんは知識はおあり

ですが、貴重な仏像を落札できるほどの資産はありませんから、詐欺を働く相手としては弱い。したがって、詐欺やでたらめとは思えません」

「この主催者、日本特別美術連盟は、招待状に住所も電話番号も書いていませんが、実在の団体なんでしょうか？」

「その点ですが、われわれとしても、調べたくても、調べようがありません。どこにあるのかも分かりませんし、連絡の取りようがないのですよ」

「十津川さんは、この招待状について、どう考えておられるんですか？　本物だと、思っていらっしゃるんですか？」

「正直にいうと、今は、半々だと思っています」

「そうですか。今日は、有馬温泉の、『グランドありま』にご案内しますよ。一泊されれば、ホテルの雰囲気で、招待状が本物か、ニセモノかが分かるのではないかと思いますよ」

と、安藤が、いった。

十津川と亀井は、安藤警部の部下の刑事が運転するパトカーで、再度、新神戸の駅に送ってもらった。

今度は地下に下り、北神急行に乗車した。この路線が走る区間はほぼトンネルで、外の景色はほとんど見えない。谷上駅で、今度は神戸電鉄に乗り換えた。紅葉にはまだ早かったが、車内は、観光客で賑（にぎ）わっている。日本三古湯にも数えられる、有馬温泉が目当てのようだった。

有馬温泉駅で降り、そこからホテルまで、十津川たちは、歩いていった。平坦なように見えて、道には高低差がある。南側をみると、六甲山の山頂まで、ロープウェイが伸びている。

有馬温泉には、数多くのホテル、旅館があるのだが、この「グランドありま」がいちばん大きく、新しいということになっていた。小高い丘の上に建つ姿は、たしかに、見た目にも豪華なホテルである。

フロントでチェックインの手続きをしていると、安藤警部が、わざわざ支配人を呼んできて、十津川に紹介した。

池に面したロビーの一角で、支配人は好意的に接してくれた。十津川が、問題の招待状を見せると、

「私は、仏像には、まったく不案内でして、ここに書かれた仏像についても、主催者の日本特別美術連盟というグループのことも、よくは知らないのですよ」

「しかし、六月十二日の午後六時から、このグループの主催者が、ここの鳳凰の間を

予約しているんでしょう？　間違いありませんね？」

と、十津川が、きいた。

「ええ、そうです。たしかに、日本特別美術連盟の名前で予約されています。それに、六月十二日の鳳凰の間の使用料は、すでにいただいています」

「それは、料金を銀行に振り込んできたんですか？　それとも、誰かが、ここに持参したんですか？」

「今から一週間ほど前でしたかね、突然、この日本特別美術連盟の代表者だという男の方が来られまして、六月十二日の午後六時から、鳳凰の間を、お借りしたい。そういわれて、その場で前払いで料金を支払っていかれたんです。こちらも商売ですから、理由もなくお断わりするわけにはいきません。ですから、すぐに契約をしました」

と、支配人が、いう。

「契約に来た代表者ですが、名刺などは持っていませんでしたか？」

と、十津川が、きいた。

「いや、名刺は、持っていらっしゃいませんでしたね。何でも、日本特別美術連盟は、いつも国宝、あるいは世界遺産的な大きなものを扱っているので、支払いは、すべて現金でやっている。名刺は切らしている。そういわれました」

「その時の、代表者の様子ですが、信用が置けそうな感じでしたか？」

と、亀井が、きいた。

「五十歳くらいの方で、何でも、芸大を出た後、アメリカ、イギリスなどの大学をそれぞれ卒業して、世界的な美術品については、かなり詳しいと評判の方だそうです。私には、立派な紳士に見えました。特に怪しいという感じはありませんでしたので、すぐ契約して、鳳凰の間の使用料を受け取ったのです」

「それで、日本特別美術連盟というのは、東京にある団体ですか？　それとも、関西方面にある団体ですか？　代表者だという人は、どういっていましたか？」

「それは、私には分かりません。標準語でしゃべられましたから、東京の方だとは思いましたが、詳しい所在地については聞いていません。仕事は、いつも有名なホテルで開催し、支払いは、すべて現金で、すませているそうです」

と、支配人が、いった。

「宣伝や広告などは、やっていないようですね？」

「そのようですが、ポスターを持参されたので、ロビーに張り出しています」

と、支配人は、いう。

そのポスターは、一メートル五十センチある仏像と同じ大きさに作られていた。デザインは洗練され、洒落ている。

「主催　日本特別美術連盟」とあるだけで、ポスターのどこを見ても、住所や電話番号などの連絡先は、載っていなかった。

「お聞きしたいのですが、その代表者は、本物の仏像を、こちらのホテルに運んでくると話していましたか？」

「その点については、私も気になったので、代表者の方にお聞きしたんですが、もちろん、仏像はここに持ってきて、皆さんに見せるつもりではいるが、何しろ、国宝級の、あるいは世界遺産的な、大変高価な仏像なので、どうするかは、当日になってみなければ分からない。どうしても、本物の仏像を持ってくることができない時は、別の方法を考えている、とおっしゃっていましたね」

　と、支配人が、いう。

「代表者ですが、名刺は持ってこなかったとして、それでも、その人の名前ぐらいは分かっているんでしょうね？」

　と、安藤が、きく。

「藤村荘介さまとうかがっております」

　と、支配人が、いった。

「今、支配人は、一週間前に、代表者がやって来て、契約したといわれましたね？」

「ええ、そうです」

「その後、今日まで、何か問題は起きていませんか？」

「今のところは、何も起きておりませんが」

「もし、何かあったら、連絡はどうするのですか？　電話番号も分からないんでしょう？　連絡の取りようがないんじゃありませんか？」

「いえ、その点は大丈夫です」

「どうしてですか？」

「前払いで代金は頂いていますし、連絡は、先方から来ます。藤村荘介さまから、毎日夕方五時に電話があり、何か問題があったらその時に、ということになっています。明日、鳳凰の間でオークションの予定ですが、今のところ、何の問題も起きておりません。ですから、私どもも、何の心配もしておりません」

と、支配人が、ニッコリした。

第六章　車両の中の死

I

六月十二日になった。

有馬温泉にあるホテル群の中でも、ひときわ豪華に見える「グランドありま」の玄関には、

「本日午後六時より、世界一の仏像の展示競売会開催」

という札が、かかっていた。

大きなポスターも張られていた。そのポスターには、問題の仏像がカラーで載っていた。

前日から有馬温泉に来ている十津川は、亀井と二人でいた。まだ午後六時には二時間も早かったが、会場に予定されている、鳳凰の間を覗いてみた。

もちろん、会場には、まだ人の気配はなかった。それでも舞台が作られ、そこに向かって、椅子が、二百脚ばかり並べてある。

舞台の上には、一メートル五十センチあまりの高さがあり、分厚く白い布で巻かれた仏像らしきものが、ポツンと置かれていた。その大きさから見て、布の巻かれた人型が、問題の仏像だろう。今日の競りを前に、大学教授などの専門家や、仏像を競り落として自分のものにしようとしている愛好家たちを待っているように見えた。

「不用心ですね」

亀井が、いう。

「舞台の上の仏像か」

「そうですよ。どんな競りが行われるのか分かりませんが、新聞の記事を見ると、ひょっとすると、十億円以上の値段がつくかもしれない、それぐらい世界的にも価値がある貴重な仏像だと書いてありましたよ。それなのに、舞台の上に無造作に置いてあって、見張りも一人もいませんよ。これでは、少しばかり警戒が生温いのではないかと思ったんですが」

「それじゃあ、カメさん、ちょっと試してみようか？」

十津川は、大股に、布の巻かれた仏像に近づいていった。仏像まで二メートルほどの距離に近づいた途端、けたたましい警戒音が鳴った。

すると、舞台の奥から若い男が飛び出してきて、十津川に向かって、いった。

「午後六時からの開場ですから、それまでにこの仏像に勝手に近づくと、逮捕されるかもしれませんよ」

「いや、これは私のミスでした。つい、どんな仏像なのか、見たくなりましてね。どうも申し訳ない」

十津川は、頭を下げ、亀井を促し、鳳凰の間を出た。

廊下に出たところで、十津川が笑いながら、

「あの仏像の周りには、赤外線のバリアが張ってあるんだよ。カメさんがいうように、競りにかかれば、十億円を突破するような値段がつくかもしれないといわれている仏像だ。どう考えたって、そんな高価な仏像を、ポツンと人気のない場所に、置いておくはずがないんだ」

「たしかに、そうですね」

亀井も笑っていた。

二人は、いったんホテルを出て、少し早目の夕食を取っておくことにした。ホテルから歩いて五、六分の近さに、神戸電鉄の有馬温泉駅がある。駅の近くにあったカフェに入り、二人は、軽食を注文した。

この店の壁にも、ホテルにあったのと同じポスターが張ってあった。

十津川が、店のマスターに向かって、

「この先の『グランドありま』で、今日これから、この仏像の大きな競りが行われるんですね？　マスコミは、世界文化遺産にも匹敵するような、大変貴重な仏像だと紹介していて、十億円以上の値段がつくかもしれません。こんな仏像に関心はありますか？」

「十億円なんていう値段を聞くと、私たち庶民とは縁のないものだと思って、バカらしくなってしまいますけど、ポスターの仏像は、よく見ると、何となく色気があるじゃありませんか？　私だって興味を覚えますよ。でも、お金がないから、この仏像の競りには参加できませんけど」

と、笑った。

十津川と亀井は、食事を済ませると、ホテルに戻った。

午後六時までには、まだ十五、六分の余裕があったが、さすがに鳳凰の間には、五、六十人の男女の姿があった。

相変わらず、舞台の上には、仏像らしきものが置かれていた。と、主催者側と思われる若い男が、巻きつけてある布を、ゆっくりと解いていった。

すでに、会場に来ていた男女は、徐々にむき出しになる仏像を、じっと見つめていた。

布が全て取られると、阿修羅像が、目の前に現れた。

十津川が、写真集で見た阿修羅像、そして、今回のポスターに登場している阿修羅像のようだ。

しかし、客の中から、

「それ、本物の阿修羅像なんですか？　少し違うように見えるんですが」

という質問が飛んだ。

阿修羅像のそばに立っていた若者が、笑いながら、

「おっしゃる通りです。これは３Ｄプリンタを使って、実際の仏像そっくりに作ったレプリカです。色味だけは業者に頼みましたが、本物とは寸分違わぬ出来栄えですか

ら、今日は、しっかりと観察されて、ご自分が払える金額を決めていただきたい。ゆっくりご覧頂くため、あと二体、同じ方法で作ったレプリカを鳳凰の間に置きますから、皆さん、ご自由に触っていただいても結構ですよ。先ほどまでは、間違いがあってはいけないので、警報装置をつけていましたが、ここからは、近くで見ても、触っても大丈夫です」

と、説明した。

その言葉通り、奥から二体の仏像が運ばれてきて、これもまた、巻きつけられた布が、ゆっくり、はがされていく。

会場には、全部で三体の阿修羅像が配置された。

午後六時をすぎると、鳳凰の間に集まる客の数が増えていく。主催する方も、スタッフが全員そろったようだった。客の大部分は、会場に置かれたレプリカの仏像を写真に撮ったり、ポスターと見比べながら、実際に触ったりしていたが、その中で、数人のグループは、主催者と思われる男に向かって、質問した。

「今日の午後六時から、ホンモノの仏像が出品され、競りが開かれると期待して来たんですが、この三体のレプリカを見るだけで終わりですか？　我々は、二十万円も払って参加してるんですよ」

舞台の上の五十代の男が、何かいおうとすると、グループの一人が、

「まず、あなたの名前と、今回、この舞台を設定した日本特別美術連盟の中で、どういう地位にいるのか、それを教えてもらえませんか？　あなたが代表者なんですか、それとも、単なるお手伝いなのですか？」

舞台の上から、男が答える。

「まず、私の身分ですが、日本特別美術連盟の代表者という肩書きです。名前は、藤村荘介と申します。代表者ですが、日本特別美術連盟の理事長ではありません。理事長は、皆さんが今回の出品に納得して、競りを始めるようになってから、会場にやって来ることになっています。それまでは、私が、皆さんの質問に、全てお答えします。最初、私たちは問題の仏像、アンコールワットに安置されていた古い阿修羅像を、今日六月十二日に、競りにかけようと考えておりました。ところが、競りに参加したいと希望される方が、予想をはるかに超える数になってしまった上に、多くの方が、この阿修羅像について、まったくご存じないのです。どんな仏像なのかも分かっていらっしゃらない方が、参加を望む方の中にはたくさんおられました。これでは、正しい競りを始めるわけにはいきません。

そこで急遽、３Ｄプリンタを使って、本物とまったく同じように作った、レプリカ

の仏像を三体、会場に飾ったのです。ゆっくりと、本当に自分が欲しいものなのか、冷静に考えられてから、もう一度、ここに来ていただきたいと思っております。

もう一つ、皆さんにお約束しておきますが、私たち日本特別美術連盟が出品するのは、間違いなくホンモノです。予定では、本日、皆さんにご覧頂こうと思っていましたが、何しろ、今申し上げたような事情ですので、ホンモノは、明日の午後六時に運んでまいります。皆さんには、その前に、この三体のレプリカを納得されるまで、ご覧いただきたく思います。そしてその上で、明日の競りに参加するかどうか、判断して下さい」

藤村荘介が話している間にも、鳳凰の間には、続々と、人が集まってきた。

いかにも資産家だというような六十代、七十代の客もいれば、仏像のマニアらしい、若い男女の姿もあった。

「あの占い師が来ているよ」

十津川が、小さな声で、亀井に、いった。

「占い師ですか？」

「そうだよ。六本木の及川ひとみの自宅マンションにやって来た占い師の女性がいたじゃないか？　渡辺かなえという女性だよ。六本木にやって来た時は、秘書と一緒だったらしいが、今日も、秘書を連れてきている」

及川ひとみの死の直後に、その自宅マンションを訪ねてきた五人のうち、荒木を除く四人の顔写真は、すでに入手しており、十津川たちは、しっかり記憶していた。

「向こうには、永田慶介がいますよ」

と、亀井が、いった。

三体のレプリカの仏像の一つの前に、五十歳くらいの永田慶介が、こちらも秘書らしい女と一緒にいて、新聞記者らしき男と、盛んに話をしていた。

そのうちに、兵庫県警の安藤警部も、会場に到着した。十津川たちに気がついて、ゆっくりと、こちらに近づいてきた。

「今、受付で聞いたのですが、今日は、本物の阿修羅像が見られず、競りも、明日に延期だそうですね？」

と、安藤が、いう。

「どうやら、そのようです。さっき、藤村荘介という日本特別美術連盟の代表者を名乗る男が挨拶して、本当に仏像の値打ちをわかっている人たちだけで、競って欲しいといっていました。今日は、三体のレプリカ像を見てもらって、競りに参加するかどうかを決めてほしいと」

と、十津川が、いった。

午後十時になったところで、代表者の藤村が、再び舞台に立って、集まってきた人々へ、二度目の挨拶をした。

「開場の時にもご挨拶をさせていただいたのですが、私は、日本特別美術連盟代表の藤村荘介です。私どもの事前の予想以上に、競りに参加したいというお客様が集まってしまって、この状況では、今日の競りは開催できません。明日改めて行うことにいたしましたので、今日のところは、三体のレプリカを見ながら、本番に備えていただきたいと思います」

「それにしても、いろいろな人間が集まっていますね」

と、安藤が、いった。

「安藤さんの知っている顔も来ていますか？」

「ええ、来ていますよ。美術品の収集家として知られる資産家の顔も見えるし、逆に、関西でもっとも危ないといわれている詐欺師も来ていますよ」

「詐欺師ですか？」

「そうです。特に美術品の詐欺が専門だといわれる人間です。その一方で、資産家としても、かなりの資産を持っている男です。しかし、どうして、こうした本物の競りに、詐欺師が呼ばれて来ているんですか？」

安藤が、盛んに首をひねっている。

「あの男はもしかしたら宗像の荒木平吉ではないですか」

亀井が小声で、十津川に、いった。

なるほど、亀井の視線の先にある、日焼けした顔と、がっしりとした体が、十津川の目に入った。

日本特別美術連盟では、荒木平吉にまで招待状を出したのだろう。一見したところ、宗像の漁師に見える荒木平吉が、どうしてこの競りの会場にまで、姿を現しているのだろうか？

十津川は、及川ひとみのマンションに現れた五人の人間の中で、荒木平吉はもっとも場違いな人間で、金もないし、問題の仏像を買えるような人間ではないと思っていた。しかし、日本特別美術連盟のほうでは、荒木平吉にも招待状を送ったらしい。

十津川は、日本特別美術連盟が、どんな理由で、永田慶介や渡辺かなえ、荒木平吉に招待状を出したのか、それを代表者だという藤村荘介に聞いてみようと思った。だが、ホテルの支配人が姿を現し、参加者に向かって、声をかけた。

「お集まりの皆様には大変申し訳ないのですが、今日、明日の二日間、当ホテルには、部屋の余裕は、まったくございません。本日の宿泊をご希望の方は、誠に申し訳ありませんが、有馬温泉のほかのホテルに当たってみてください。時間が時間ですので、もし、有馬温泉に泊まりたいと希望される方は、少しでも早く、ほかのホテルの予約をお取り下さい」

「われわれも、新たに予約したホテルのチェックインに、そろそろ行ったほうがいいかもしれないね」

十津川は、亀井に、いった後、安藤警部に挨拶し、

「どうやら、明日にならなければ、事態が動きそうもないので、われわれ二人も、そろそろ、予約したホテルのほうに行ってみようと思います」

と、いって、「グランドありま」から、外に出た。何か起こるとしたら、今日だと思っていたので、「グランドありま」に宿泊予約をしていなかったのだ。本当は、ここに宿泊して会場の様子を見たかったが、部屋がなければ仕方がない。

二人が予約したホテルは、「グランドありま」よりは、はるかに小さなホテルだったが、それでも、有馬温泉自体が、日本でも最も古い温泉といわれているだけに、創業百五十年という歴史のあるホテルだった。

十津川と亀井は、ゆっくり歩いて、ホテルに入ると、まず、チェックインの手続き

を済ませてから、ロビーの一角でコーヒーを頼み、今日の会場の雰囲気について話し合った。

「やはり、永田慶介、渡辺かなえ、そして荒木平吉らしき男が、招待状をもらって、会場に来ていましたね」

と、亀井が、いう。

「あの三人と亡くなった二人、持田大介と白石英司の五人が、及川ひとみのマンションを見に現れたのは、やはり、アンコールワットの遺跡から消えてしまった阿修羅像に、関心があったからだろう。明日、彼ら三人が、いったい、どんな行動をとるのか、少しばかり興味がわいてきたよ」

と、十津川が、いった。

早めに夕食を取ったので、十津川も亀井も、さすがに腹が減ってきた。そこで、自分たちの部屋に入ると、ルームサービスで、十津川は、かつ重を、亀井は寿司を注文した。

ルームサービスを待つ間、十津川の携帯が鳴った。東京の捜査本部にいる西本刑事だった。

「問題の競りは、どんな具合ですか？　盛況ですか？」

「それが、あまりにも参加者が多かったので、今日は、問題の仏像のレプリカを拝むだけで、競りは、明日に延期された。従って、今日のところでは、君たちに話しておかなくてはならないことは、何もないよ。ところで、そちらでは何かあったのか？」

「ちょっとした動きがありました。われわれは、警部の指示で、亡くなった及川ひとみの祖父を知っている人がいないかどうか、探していたんです。そちらの競りがニュースになったせいかもしれませんが、ある人を見つけました。戦争中、東南アジアを巡り、戦後は、当時の思い出を何冊か本にしている人の息子さんが、柳原秀樹の書いた日記を、二冊持っていると電話をくれたのです。

何でも、その人の父親は、及川ひとみの祖父と同じ特務機関の人間として、東南アジアを飛び回っていたそうです。戦後は、及川ひとみの祖父とも何度か会って話をしていたのですが、彼から、『もし私が先に死んだら、戦争中に書いた日記を君に渡すようにと、孫のひとみに託しておいた。君以外に、私の日記を役に立てられそうな人間は考えられない。だから、私が死んだら、孫を訪ねて、私の戦争中の日記を受け取っておいてくれ』といわれたというのです。その問題の日記をもつ人から、こちらに電話が入ったのです。それで、明日の午前中に会って、問題の日記を預かってこようと思っています」

と、西本が、いう。

「それは大きな収穫だよ。アンコールワットにあったという古い阿修羅像について、その日記に、どう書かれているのかは分からないが、阿修羅像を持ち去った人間のことが分かれば、今回の事件の大きな進展になる。明日の午前中に、その日記を手に入れたら、すぐにこちらに届けてくれ」


翌六月十三日、十津川と亀井は、午前八時前には起き出して、ホテルの食堂で、バイキングスタイルの朝食を済ませることにした。

今日、「グランドありま」で開かれる予定の競りは、午後六時からである。

十津川は、東京から問題の日記が届くのを待つことにして、その後で、会場の「グランドありま」の鳳凰の間に行っても、問題はないだろうと考えていた。

そう段取りを決めていた時、十津川の携帯が鳴った。

相手は、兵庫県警の安藤警部だった。

「今飛び込んできた情報ですが、昨日、『グランドありま』に来ていた招待客の、永田慶介という男が、先ほど、神戸電鉄の車内で死体で見つかりました。状況から見て、殺人と考えられます」

安藤が、いきなり、いう。

「それは間違いないのですか？　事故や病気ではなく、本当に、永田慶介が殺されたんですか？」

十津川が念を押したのは、あまりにも突然の知らせだったからである。

「殺されたのは、永田慶介で間違いありません。こちらから所轄（しょかつ）に連絡して、確認をしましたから」

「さっき、神戸電鉄の車内といわれましたね？　事件があったのは、何時頃ですか？」

「午前八時から九時の間だと思われます。有馬温泉駅を発車した列車が、次の駅に停車した時、運転士が、床に倒れている永田慶介を発見したそうです。最初は、酔って床に寝込んでいるのではないかと思ったそうですが、よく見ると血が流れ、すでに事切れていたようです。私も、これから現場に行ってきます。いずれにしろ、私が、神戸異人館の事件に続いて、こちらの事件の捜査に当たることになるので、何か分かりましたら、そちらに連絡します」

2

殺された永田慶介は、「グランドありま」に泊まっていたものと思われる。

あのホテルのすぐ近くに、神戸電鉄の有馬温泉駅がある。そこから、永田慶介は神戸電鉄に乗って、どこに行こうとしていたのか？

「行ってみよう」

十津川と亀井は、ホテルを出た。十津川たちが泊まっているホテルからでも、歩いて七、八分で、有馬温泉駅に着く。

駅前の道路に、二台の兵庫県警のパトカーが停まっていた。パトカーを覗いていると、駅から安藤警部が、声をかけてきた。

「神戸電鉄の車内で殺されていた、永田慶介という被害者ですが、たしか、東京の人間でしたね？」

「その通りです。神戸市内の異人館で、東京六本木のマンションに住んでいた女優の及川ひとみが殺されましたが、そのマンションを共有していた男です」

十津川が、いうと、安藤が、うなずいて、

「そうでした。及川ひとみと関係があったわけですね」

「神戸異人館で、及川ひとみの死体が発見されましたが、彼女が住んでいたのは、六本木の高層マンションです。殺人事件の直後、そのマンションに、四人の男と一人の女が、相次いで訪ねてきて、彼女の部屋を見せてくれといったというのです。

永田慶介は、その中の一人です。彼は、六本木のマンションの及川ひとみの部屋を、共同所有していたのです。そのマンションには、及川ひとみが一人で住んでいたのですが、永田慶介も、同じ部屋の権利を持っていることが証明されていますから、彼が、ウソをついていたわけではないのです。

一方、日本特別美術連盟が主催して、競りにかけようとしている仏像は、戦時中の混乱の中で、アンコールワットから強奪されたものだともいわれています。問題の仏像は、アンコールワットでもっとも美しく貴重なものだったといわれていますが、それが出てきたというのは、今世紀の大ニュースです。つまり誰もが欲しがる仏像ということです。

永田慶介も昨日、『グランドありま』の鳳凰の間に来ていました。この男も、理由はわかりませんが、阿修羅像に強い関心があったと考えられます。その永田慶介が、なぜ、神戸電鉄の車内で殺されていたんですかね。何処へ行くつもりだったんでしょうか？」

「新開地までの切符を持っていましたから、神戸の町へ行くつもりだったと思っていますが」

「永田慶介がこちらに来た目的は、やはり仏像ですかね？」

と、安藤がきく。

「永田慶介は、東京から『グランドありま』にわざわざやって来たわけです。そう考えると、やはり、問題の仏像を手に入れようとしていたのかもしれません」

「こちらの調べで、永田慶介が『グランドありま』に泊まっていたことは、確認しました」

「永田慶介は、『グランドありま』に、一人で泊まっていたんですか？」

「その点もフロントで確認しましたが、一人で、ツインの部屋に泊まっていたようです。秘書は帰ったか、別のホテルに泊まっているのでしょう」

と、安藤が、いった。

「これで、四人目ですよ」

と、十津川が、いった。

「四人目というと？」

「最初に、女優の及川ひとみが、神戸で殺されました。それが一人目ですよ。その殺人の後、なぜか、六本木の彼女のマンションに関心を持つ人間が、五人現れました。その中の一人、白石英司という男が、カンボジアで殺されました。さらに、自称私立探偵の、持田大介という男が殺されました。現場となったのは、東京駅の丸の内側のタクシー乗り場でした。ただ、白石と持田を殺したのが同一人物かどうかは、わかっていません。

そして今度は、永田慶介です。今もいったように、永田慶介は、及川ひとみのマンションに関心を持っていただけではなくて、共同出資の形で、及川ひとみと二人で、問題の六本木のマンションの部屋を買い取っているのです。及川ひとみ、白石英司、持田大介、そして、永田慶介。これで四人です。この四人は、何らかの関係があって、それで殺された、と私は考えています」

憮然(ぶぜん)とした顔で、十津川が、いった。

安藤警部は、この人数には気づいていなかったらしく、

「四人もですか」

「そうです」

「私にとっては、これで三人目です」

と、負けずに、いった。

「最初に、神戸の異人館のプールで、及川ひとみと中年の男が死んでいて、最初は、心中事件ではないかと考えました。しかし、一緒に死んでいた永井清太郎と、及川ひとみとの関係がいくら調べても、出てきませんでした。これで二人です。そして、今度は、神戸電鉄の車内で、永田慶介が殺されました。異人館の殺人事件の捜査本部は、生田警察署に置かれていますが、今度の新しい殺人事件も、関連しているとすれば、両方とも私が担当することになります。これから県警本部に行って、本部長に改めて挨拶していただけませんか？　多分、警視庁と兵庫県警との合同捜査になると思いますからね」

と、安藤が、いった。

十津川たちは、神戸電鉄は使わず、兵庫県警のパトカーで、神戸の街に向かった。

県警本部は、事件のあった異人館の坂を、海岸方向に下った方角にあった。

十津川は、一昨日会った、兵庫県警の本部長に、再度挨拶した。

県警の本部長は、四十代の若い警視長だった。十津川に向かって、

「警視庁の三上本部長と話し合ったんですが、今回の一連の事件は、ウチと警視庁との合同捜査ということになりますね。私のほうからよろしくとお願いしたら、三上本

部長も、お互いに頑張りましょうといってくれました」

安藤がいったように、神戸電鉄の車内で起きた殺人事件と、異人館で起きた殺人事件は、どこかで関連があると見て、生田署に捜査本部が置かれることになった。

もう一つ、警視庁と兵庫県警の合同捜査になることが、正式に決まった。まず、十津川と安藤警部が、今後の捜査方針を検討することになり、それには亀井刑事も参加した。

3

外からコーヒーの出前を取っての打ち合わせには、兵庫県警の原(はら)という若い刑事も加わって、四人での話し合いになった。

「一連の事件を考えてみると、どうしても、アンコールワットから盗まれたといわれる、阿修羅像が関係しているように思えます」

と、安藤が、いい、

「同感です」

と、十津川が応じた。

「奪われたというアンコールワットの阿修羅像ですが、今、どこにあると、十津川さんは思われますか？　日本特別美術連盟が、ホンモノを持っていて、今回、競りにかけるといっていますが、私は、本当かどうか疑わしいと思っているんです」

と、安藤が、いった。

「私も、問題の阿修羅像を、日本特別美術連盟というグループが持っているとは、信じにくいのです。おそらく、彼らが競りに出そうとしているのは、精巧に出来たニセモノ、レプリカでしょう。ただ、問題の阿修羅像が、日本のどこかにあることは信じているのです。ホンモノも、日本人が持っている可能性が高いと思うのです。だからこそ、その競りに、こうして人々が集まっているのだと、私は考えています」

十津川はいい、他の刑事に眼をやって、

「君たちの意見も聞きたいね」

と、促した。

兵庫県警の原刑事が、自分の考えを口にした。

「今回の一連の事件を、神戸から冷静に見ていると、面白いことに気がつきます」

「それは、どういうことだね？」

「まず、東京の六本木の高層マンションに住んでいた、及川ひとみという女性が殺されました。しかし、彼女が殺されたのは、東京ではなく、なぜか、神戸市の異人館の小さなプールで、男と一緒に、遺体として発見されました。さらに、調べても、及川ひとみと神戸の間には、何の接点も見つかりません。捜査が進むにつれて、アンコールワットから盗まれた阿修羅像が、カギになっているように思えてきました。

次には、有馬温泉と神戸をつないでいる神戸電鉄の車内で、殺人が起きました。殺されたのは、永田慶介という男です。彼は、神戸異人館で発見された及川ひとみのマンションの権利を、半分所有する男です。もちろん、東京の人間です。その東京の人間、永田慶介が、神戸を走る神戸電鉄の車内で殺されたのです。こう見てくると、被害者は東京の人間なのに、実際に殺されている場所は、神戸なのです。その点が、この殺人事件を解くカギになるのではないかと思っています」

原刑事が話し終えると、今度は、亀井刑事が、口を開いた。

「たしかに、今、原刑事がいわれたように、今回の事件は、舞台が次々に広がっています。被害者は東京の人間で、したがって動機も東京にあると思われるのに、事件は東京だけでなく、神戸で二件、そしてカンボジアでも起こっているのです。また、ここにきて、アンコールワットから奪われた、阿修羅像が注目されています。東京、神戸、そしてカンボジアです。この三地点がどう関係しているのか、それを見きわめる必要があると思います」

　亀井刑事が、コーヒーを飲み、

「さきほど、十津川警部は、問題の仏像は日本にあるのではないかといわれました。当初、私は、アンコールワットから盗まれた阿修羅像は、東京にあるのではないかと考えていたのですが、東京ではなく、この神戸にあると、考えるようになってきました」

「つまり、日本特別美術連盟が持っていると、カメさんは思っているのだ」

「もう一人、我々が、マークしている人間がいます」

　と、安藤が、いった。

「誰ですか？」

「高橋久という男です」

　亀井が、うなずいて、いった。

「異人館を買った男ですね」

「なぜ彼をマークしているのです？」

「実は、彼もまた、昨日の仏像のお披露目会場にいたのです。連れてきた女は、異人館のときとは違いましたけどね」

と、安藤が、いった。

4

それ以上、話は進まず、十津川は、そろそろ有馬温泉のホテルに帰ることに決め、安藤に向かって、いった。

「実は、今回の事件の捜査に、参考になるのではないかと思っていることがあるのです。戦時中、特務機関の一員として、東南アジア中を飛び回っていた男がいます。彼は同じ特務機関で活動していた、及川ひとみの祖父の知人でした。その彼の息子から、及川ひとみの祖父が戦争中に書いていた日記を保管しているという連絡が入ったんです。ホテルに帰ってから、実物を受け取ることができそうです。私は、今回の一連の事件の根は、太平洋戦争にあったのではないかと考えているので、それが当たっていたら、捜査は、大きく進展すると思います。これから、その日記を受け取るわけですが、その中に、事件解決のヒントでもあったら、すぐにこちらに連絡をして、一緒に日記を読もうじゃありませんか？」

十津川は、安藤に約束した。

北条早苗刑事が有馬温泉に着くと、十津川は、ホテルのロビーの一角にあるティールームで、問題の日記を受け取った。

日記は二冊である。手帳のような、小ぶりの日記帳で、ページを開くと、細かい文字がぎっしり詰まっていた。

一冊目には、昭和十七年十月と、日付が書かれてあった。日記は、終戦が訪れた後の、昭和二十年の九月二十日が、最後の記述のようだ。

表紙には「柳原秀樹」と名前が書かれていたが、その下に「グエン中尉」ともある。それは、日本人柳原秀樹の眼だけではなく、グエン中尉の眼でも戦争を見ているぞ、という意志の現れのように思えた。

彼は、スパイ養成学校といわれる、N学校を卒業して、タイの首都に赴任した。一見すると民間会社のように見える、昭和企画というスパイ組織で働くことが決まっていたのだ。

バンコクに置かれた昭和企画の本社は、スパイの養成機関といっても良かった。ここで研修を受けたスパイたちが、続々と東南アジア各地に派遣されていったのである。

当時、ベトナム、ラオス、カンボジアの三国は、フランス領だったことから、仏印と呼ばれていた。

戦後、ラオスとカンボジアは、一九五三年（昭和二十八年）に独立し、ベトナムは、一九四五年（昭和二十年）に一旦独立したが、フランスやアメリカ軍と戦うベトナム戦争が勃発。本格的な独立は、大きく遅れてしまった。

そのようにやがて独立する仏印だが、一九四五年の三月から四月にかけて、幻の独立を果たしたことがあるのだ。

太平洋戦争中、仏印は日本に占領されていた。その上、ヨーロッパでは、宗主国のフランスがナチスドイツに敗れてしまったために、名目上、仏印は一応中立の状態に置かれた。

一九四五年になると、フランスは反転攻勢にでて、ヨーロッパで失地を回復。仏印も復活させようと考えた。こうした動きを察知した日本は、仏印がフランス領として害を及ぼす前に、一計を案じた。急遽、ベトナム、ラオス、カンボジアとして独立を認めたのである。

独立した国は、もちろん、日本の傀儡政権だった。

ベトナムを昔支配していた、阮朝の末裔を探し出してきたのだ。名をバオダイという。彼に「越南帝国」を樹立させ、バオダイは喜んで「保大帝」を名乗り、皇帝として即位した。満州国の成立と似ているのは、同じように軍人が考えたことだからだろう。

日本軍は、ラオスでは、ルアンプラバン国王ティアオ・サバン・バタナを担ぎ出して、独立させた。さらに、カンボジアでは、国王のシアヌーク・ノロドムをトップに据え、同様に傀儡政権を樹立したのだった。

問題は、この三国を独立させた時期だった。

ベトナム――一九四五年三月十一日

カンボジア――一九四五年三月十三日

ラオス――一九四五年四月八日

これは、いったい何のための独立なのか。独立を与えた日本軍は、この四、五カ月後に敗北するのである。

日本軍が敗北すると、フランス軍がどっと乗り込んでくるし、中国軍とイギリス軍も加勢するだろう。日本軍が構築した傀儡政権など、吹っ飛んでしまうのである。

この時、日記の主の柳原秀樹（グエン中尉）は、日本軍が混乱させた仏印にいたのだ。

柳原秀樹は、日記に次のような想いを書き留めている。

今や、ベトナム、ラオス、カンボジアの人々は、日本軍を信用していない。誰もが、間もなく日本が負けると確信しているのだ。インドのインパールで大敗北した日本の敗残兵が、ビルマに逃げ帰ってきている。ラオスやカンボジアにも流れてきているという。間もなく、日本軍はビルマからも追われるだろう。

こんな時に、日本軍はベトナム、ラオス、カンボジアの三国に、独立を与えた。しかも、古い王朝の末裔を見つけ出してきて、国王にするという。あからさまな傀儡政権である。

誰がこんなものを信じるというのか。

日本軍は、間もなく敗北する。人々が気にしているのは、そのあとだ。フランス軍が戻ってきて、昔通りの植民地になってしまうのか。イギリス軍の監視団がやってきて、将来を決めるのか。

いずれにしろ、日本軍に協力して傀儡政権にコネを作ったりしたら、あとでひどい目にあうと考えている人たちが大半である。

傀儡政権の寿命が短いことは、誰もが知っているから、いい迷惑としかいえない独立である。日本人として恥ずかしいのだが、今は日本軍が作った混乱に、少しでも人々が傷つかないことを祈るだけである。

この後の日記には、行き当たりばったりの日本の方針に対する怒りと、三国の歴史的文化を守ろうとする、柳原秀樹の苦悩と行動が濃くでている。

柳原たちがN学校を卒業して、タイのバンコクにあった、昭和企画に集まった目的は、ビルマ（ミャンマー）、マレーシア、仏印、インドネシア、フィリピンなどが、欧米の植民地から独立するのを手助けすることだった。

そのため、日本軍の先兵として潜入した国で、独立運動を展開している若者たちに接触し、激励していた。その頃が一番楽しかったと、柳原は日記に記している。現地の若者たちと、植民地からの解放を、情熱とともに語り合っていたからである。

しかし、その夢は、次々に破られていった。原因の多くが、日本と日本軍の裏切りだった。最大の裏切りは、独立を約束して、その国の若者たちに協力させておきながら、いざとなると独立を認めず、占領したことだろう。

柳原秀樹たちは、日本軍と、現地の若者たちの間に立って苦悩した。

日本軍の冷酷さに失望した、その国の若者たちが、反日運動を行うことも、黙って見ているより他にない苦しみが、日記には綴られていた。

そして、十津川がもっとも注目したのは、昭和二十年三月二十日の記述と、それ以降の日記だった。

昭和二十年三月二十日。タイとカンボジアの国境の町で。

私の属している昭和企画のタイ支部は、間もなく解散する。

私は最後の命令を与えられた。

インパール作戦の失敗から、ビルマ方面軍は間もなく、イギリス・インド連合軍の攻撃を受けて、壊滅するだろう。司令部はその機能を失い、連隊の中には、守備セヨの命令を無視して、逃亡する者も出ている。

ここに、憂うべき情報がある。

陸軍大尉をリーダーとする一小隊（人数は十七、八人）が、司令部の命令を無視して、勝手に連隊を離脱し、現在、タイとカンボジアの国境に向かっているというのだ。

明らかな命令違反である。陸軍刑法では、「敵前ニテ命令ヲ拒否スル者ハ死刑又ハ無期モシクハ十年以上ノ禁固」とある。しかし、ビルマの司令部自体が浮き足立っているのだから、命令違反されても、仕方がないのかもしれない。

私は命令を守る。もちろんそれは、軍の命令ではなく、昭和企画の命令だが。

帝国陸軍の名誉と伝統を傷つけかねない、一小隊の詳細は以下の通り。

隊長　　五十嵐陸軍大尉
下士官　井岡陸軍曹長
同　　　渡辺陸軍伍長
同　　　高野陸軍伍長
同　　　水原陸軍伍長
兵士　　十二名（十三名との報告もあり）

小隊の保有する武器
五十嵐陸軍大尉　モーゼル自動拳銃と軍刀
下士官　　南部式拳銃と軍刀
兵士たち　三八式歩兵銃と短剣

小隊長の五十嵐陸軍大尉の性格は、虚栄心強く冷酷。頭脳明晰。

四人の下士官は、いずれも数年の実戦経験を持つ。その中の一人、高野陸軍伍長は、粗暴な行動で、旅団長より叱責を受けたことあり。

日本人を盗賊にしてはならない。
そのため、一刻も早く、問題の五十嵐小隊を見つけ出す必要がある。
今日、私たちは国境を越えて、カンボジアに入った。
私、柳原秀樹と倉田義夫(くらたよしお)、そして荻原勝(おぎわらまさる)の三人である。倉田と荻原も私と同じく、陸軍士官学校を卒業後、N学校に入り、現在は昭和企画の社員となっている。軍服では目立つので、私たち三人は、民間会社「昭和企画」の社員として、背広姿で入国した。

日本軍の後押しで、三月十三日に独立したことになっていたが、カンボジアの何処にも、慶(よろこ)びはなかった。

むりやりの独立だ。日本が負ければ、その独立も消えることを、カンボジアの人々は知っているのだろう。

五十嵐陸軍大尉の率いる小隊は、いくつかの連隊の生き残りの集まりである。人によっては、帝国陸軍の落伍者の集まりといっている。

五十嵐大尉も四人の下士官たちも、戦闘経験は豊富だが、今や戦場で死ぬ気はなく、どさくさに紛れて何か金になるものを手に入れて帰国し、戦後を豊かに暮らしたいと考えていることは明らかである。

彼の小隊が、タイ国境を越えて、カンボジアに入ったとわかって、アンコールワットのことが、心配になった。

戦時下の今、アンコールワットは、修理もままならず、時には戦火で破壊されているが、平和が訪れれば、間違いなく世界が認める遺跡になることは、はっきりしている。

五十嵐小隊は、戦火の未(いま)だ収まらぬのを利用して、アンコールワットから、優れた美術品、特に仏像を日本に持ち帰ろうとするだろう。

われわれは、立つ鳥跡を濁さず、でなければならない。従って、彼等には、絶対にアンコールワットを荒らさせてはならぬのだ。

そこで私に与えられた命令は、五十嵐小隊に仏像を盗ませぬことだった。


二人の同僚とともにカンボジアに入った、柳原の日記は、三月二十一日へと続く。


昭和二十年三月二十一日。

私と同行した二人は、父親が東北のお寺の住職という男と、少年時代、小さなお寺っている。
で、出家すべく修行を積んだという男だった。従って、どちらも多少の仏教知識を持
到着したアンコールワットには、誰もいない。
それも当然だろう。今は、戦争中だ。
砲弾が飛んでくる。爆撃される。
この危険な場所で、もしも、うろついている人間がいたら、遺跡を狙う盗賊とみて
いいだろう。
アンコールワットの無事を確かめた私たちは、そこから少し離れた場所に下がった。
歩き疲れて、座り込んだわれわれは、お互いの顔や体を見て笑った。
何と惨めな格好なのだろうか。兵隊の格好をしていたら、明らかに敗残兵だ。日本
は、もう少しで負けるのだろう。
立ち上がり、再び歩き出した。
「もう終わりだ」
倉田が、大声で叫んだ。
「声を出すなよ。撃たれるぞ」
と、荻原が、たしなめる。

途端に、背後から銃弾が飛んできた。

われわれの体をかすめて、銃弾が飛んでくる。

敵襲だ。

倉田が、背後から銃弾を受け、左腕を負傷し、その場に転倒した。

私と荻原は、倉田を助け、近くにあった、壊れかけた寺院に飛び込んだ。たしかに、そこは寺だったのだが、瓦礫にしか見えない。戦闘によって、破壊されたままなのだ。

三人で、じっと、息をひそめていた。

と、日本語が聞こえてきた。

「今の三人は、何者だ？ もし、敵兵なら、応援を呼ばれるぞ。殺しておかないと、こっちが殺される。近くを徹底的に探して、見つけたら殺せ」

命令する日本語が聞こえてくる。

私は、そっと首を伸ばして、声のするほうを見た。
十七、八人の日本兵だ。将校が一人、下士官が四人、そして、あとは全員兵士だろう。全員が、まるで敗残兵のように見える。
将校も下士官も兵隊も、等しく服が破け、帽子もなく、顔は泥だらけだ。風呂にも入っていないのだろう、すえた匂いが、辺りに漂っている。

だが、そうした外見とは裏腹に、武器は磨かれ、整備されているようだ。全員銃を持っているし、機関銃まである。

このままでは、すぐに見つかってしまう。打開策を考えなければならない。もう一度、兵士たちの様子を窺(うかが)おうとして、私は思わず舌打ちをした。

（しまった）

いつの間にか、二人減っているのだ。どこに行ったのかは、分かり切っている。

われわれ三人のことを探しているのだ。

背後を取られたか、と振り向いた瞬間、左足に熱さを感じた。見失った兵士が放った銃弾が、私の左足に命中したのだ。

転倒する。

ほかの二人は、体を震わせながら、両手を挙げた。

その後、引きずり出されたわれわれを待っていたのは、容赦ない暴力だった。

五十嵐大尉と名乗る男に殴られ、下士官に蹴(け)とばされ、兵士から殴られた。

倉田が、大声で叫んだ。

「俺たちは、お前たちと同じ日本人だ。何で殴るんだ？」

しかし、その問いへの答えはなく、ひたすら殴られた。

拳で殴られ、棒で殴られ、最後は三八式歩兵銃の銃床で殴られた。

連中は、こちらが日本人だと、もちろん分かっている。分かっていながら、殴り続けているのだ。おそらく、この連中は脱走してから、民間人を殴ったり殺したりして、食料や衣服などを奪って生き延びてきたのだろう。

兵士の一人は、乳母車を引きずり、その乳母車の中に、剣や手榴弾、弾丸などを放り込んで運んでいた。どこかの村で調達したに違いない。

私たちはといえば、ずっと殴られ続けて、顔中を血だらけにして倒れていた。

動けなくなった私の耳に、連中の話し声だけが聞こえてきた。

「こいつらは、いったい何者なんだ？　日本人だということは、はっきりしているが、ただの民間人とは、とても思えない」

「拳銃を懐に忍ばせていた。しかし、軍服を着ておらず、背広姿だ。こういう連中は危険だ。一刻も早く殺して、逃げよう。こいつらの裏にいる連中に捕まったら、俺たちは、間違いなく殺されるだろう」

「殺されたって仕方がないさ。これまで、俺たちは、敵をさんざん殺してきたんだ。だから、今度は、こっちが殺される番なのかもな」

「まだ悲観するには早いぞ。きっと日本に帰れるさ。そうだ、こいつらに道案内をさせよう。アンコールワットにも詳しいかもしれない」

私たち三人は後ろ手に縛られ、拳銃を取り上げられて、先頭を歩かされることになった。

軍刀を持った下士官が、私に、きく。

「アンコールワットがどこにあるのか、知っているな？」

仕方なく、黙ってうなずく。

「そこに連れていけ」

「どうして？」

「アンコールワットは、カンボジアの聖地といわれているところだろう？　だったら、そこに隠れていれば、敵も追ってこないだろう」

と、下士官が、いった。

私は黙っていた。

バカな奴だと、思った。弾丸は、どこから飛んでくるか分からない。爆撃だって、アンコールワットだからといって、遠慮などしないだろう。先ほど私が隠れた、破壊されたままの寺院を見て、彼等は何も感じなかったのだろうか。

打開策もないまま、アンコールワットに近づくと、突然、Ｐ51ムスタングの編隊が空を覆った。私の予想通り、襲撃を受けたのだ。

空気を引き裂くような爆音とともに、私たちの近くで、ロケット弾が爆発した。必死で、アンコールワットの寺院の中に逃げ込もうとする。縛られていた私たち三人は、どうしても走れない。

あっという間に兵士たちは、寺院の中に逃げ込んでしまったが、私たち三人は、逃げる気力すらなく、縛られたまま、その場に座り込んだ。私の命数も、ここまでなのだろう。

執拗なロケット弾の攻撃と機銃掃射は、一時間近く続いただろうか。

静けさが戻ってきたとき、三人は、死んでいなかった。

P51の十機編隊は、逃げようとしない私たちを放置して、寺院の中に逃げ込んだ兵士たちを、執拗に狙ったのだ。背広姿で縛られている私たちを、敵ではないと考えたのかもしれない。

戦争をしている相手に、私は命を救われたのだ。

何とか三人で縄をほどき、寺院に向かって歩いた。

一人、二人と死者が転がっている。兵士の半数近くが死んでいた。

寺院の中に逃げ込んだ兵士を殲滅するため、十機編隊は、容赦なく寺院に向かってロケット弾を打ち込み、十二・七ミリの機銃掃射を執拗に繰り返した。一体の仏像が足元から壊れ、下士官の一人の上に倒れたようだ。

私たちはまず、その仏像をどかすことから始めた。

下敷きになった下士官は、血反吐(ちへど)を吐いて死んでいる。たぶん、即死だっただろう。

「即死だな」

と、倉田が、いった。

「いい気味だ」

荻原も、賛成のようだ。

「俺たちが助かったのは、この寺院のおかげだぞ」

と、私は怒鳴った。すると、物陰から生き残りが数人でてきた。五十嵐大尉だ。

「お前の言うとおりだ。みんな死んでしまったが、ここにいる者は生き残ることが出来た。この寺のおかげだ。寺がなければ、誰も生き残れなかっただろう。恥を忍んで、頼む。俺たちを日本に帰らせてくれ」

あの死地を生き残った——。五十嵐大尉もまた、何か大きな力で守られたように思えた。三人で、殺し合いはもうたくさんだと話し合い、五十嵐たちを助けることに決めた。

五十嵐は、いった。

「俺は、何としてでも、この仏像を日本に持って帰る。きっとこの仏像の加護があって、俺たちは生き延びたんだ」

「そんなことはムリですよ。まだ戦争は続いているんですよ？」

倉田が反論したが、五十嵐は、全く意に介さなかった。

「この戦争は、間もなく終わる。そうなったら、俺たちは、船で日本に帰るだろう。その船に、何としてでも、この仏像を潜り込ませるんだ」

私には、どうしたらいいか、わからなかった。この寺と、仏像のおかげで、私たちは生き残れた。その仏像を日本に持ち帰りたいという、五十嵐の気持ちも理解できないわけではない。一方で、私たちは、アンコールワットを荒らすような真似（まね）は慎まなければならないと、心に決めていた。

「このまま、仏像をここに置いていったら、また攻撃を受けて、破壊されてしまうかもしれないんだぞ」

五十嵐の強い言葉に、私はやむなく、うなずいていた。

昭和二十年八月十五日、終戦。

昭和二十年九月二十日、私たちは、日本に帰る復員船に乗ろうとしていた。

向こうでは五十嵐たちが、少し大きめな木の棺（ひつぎ）を引きずっていたが、復員船に乗ろうとして拒否された。

「その棺はダメだ。一緒に復員船には乗せられんぞ」

係官が、いう。

「この棺の中には、われわれの上官の遺体が入っている。私たちの部隊の大隊長は、さる宮様だった。実は、陸軍省から内々に、何としてでも、宮様の御遺体を東京まで運んでくるようにと命令されているのだ。もし、命令に背くことになれば、私たち生き残りは、生きて祖国に帰ることはないだろう」

「え、宮様の御遺体ですか」

「宮様は、ビルマとタイの国境付近で、壮烈な戦死を遂げられた。その死は、士気に関わるので、伏せられていた。日本に帰るというのは、宮様の遺言である。それを遵守（じゅんしゅ）しなければならない。だから、何としてでも、宮様の遺体を復員船に乗せてくれ」

いきなり、五十嵐が、その場に土下座して、係官に叩頭（こうとう）した。

「仕方ありません。今回は特別に、棺を乗せることにしましょう。ただし、あなたたちで乗せてください。われわれは手伝えません」

と、乗船を認めた。

五十嵐たちは、その棺をかついで、復員船に乗った。

復員船が日本に向かって動き出すと、五十嵐たちは疲れ切った顔で、棺の傍に腰を下ろした。

日記は、そこで終わっていた。

棺は、無事横浜に着いたのだろうか？　もし、着いたとして、その後どうなったのか？

日記には、何も書かれていなかった。

5

六月十三日午後六時、何事もなかったように、「グランドありま」の鳳凰の間で、競りが始まった。

昨日、会場の鳳凰の間には、レプリカの仏像三体が飾られていたが、今日は、撤去されている。そこに、一体の仏像が運ばれてきた。阿修羅像だ。

改めて、日本特別美術連盟の藤村荘介が登壇し、この仏像を売買することができる正当性を説明した。

「戦後になってカンボジア王国は、極端な経済危機に陥りました。そこで、その危機を乗り切るために、アンコールワットにあった仏像のうち、足が取れてしまったり、あるいは腕がなくなってしまったような仏像については、売ることができるとしたのです。現に、三体の仏像が、外国に売られていました。今回、競りに登場する、この阿修羅像もその一体です。多くの先進国から、われわれが購入すれば、美術館、あるいは博物館に展示し、永久に破壊から守ることを約束するといわれている、貴重な仏像です。もちろん、本物ですよ。ここには、阿修羅像を売却すると書かれた、カンボジア王国の証明書もあります。まず、一千万円から始めてみたいと思います」

とうとう、競りが始まった。

阿修羅像を、落札したのは、ある観光会社だった。その日のうちに自社内に、ひとまず安置し、その後、本社ビルに、その仏像は移されることになったという。

「あれは、ニセモノですよ」

と、十津川に向かって、ささやいた者がいた。

「しかし、本物と思って購入したのだから、今さら仕方がないでしょう。それに、ニセモノだという証拠もない」

十津川はわざと、突き放すように、いった。

そして、十津川は、胸の内でつぶやいた。

「あの仏像がニセモノだったら、どうなるのか？　本物だったらどうなるのか？　それを知りたい」

第七章　オークションの結末

1

十津川は急遽(きゅうきょ)帰京すると、五十嵐大尉(たいい)一行の終戦後の行方を、調べることにした。今後の捜査に必要だと感じたからである。戦後、復員省に集められた戦争関係の資料は、現在は、防衛省防衛研究所に移されている。

十津川は亀井と二人、防衛研究所に行き、五十嵐元大尉たちの足跡を調べる事にした。

彼らは、敗残兵である。いや、戦争が終わる前に部隊を離脱しているから、脱走兵と呼ぶべきだろう。そんな日本兵のことなど、記録に残っていないだろうと、期待していなかったのだが、驚いたことに、きちんと書類として残っているのである。どうやら、宮様の棺を守って戦後、日本に帰ってきた、という、その嘘が大きな功績となって、彼らのことが記録されたらしい。

戦後の皇族は、自然科学の研究などをされているが、戦前、戦中の皇族は必ず、軍務についている。例えば、昭和天皇の御兄弟・高松宮、あるいは秩父宮は、それぞれ海軍や陸軍に入られ、士官として活躍されていた。

特に秩父宮は、昭和十一年の二・二六事件の時には陸軍の士官だった。日本の改革を目標にして、反乱を起こした若い士官たちは、同じ陸軍の士官で人気のあった秩父宮を戴いて、革命を起こそうとしたことで知られている。昭和天皇は、皇族が軍務に就く事をあまり喜んでおられなかったようだが、昭和天皇自身、日本の軍隊を統帥する大元帥だから、皇族が士官になるのも仕方がなかったのかもしれない。

そんな皇族の一人が亡くなられて、棺を運ぶということで、昭和二十年の九月二十日に、五十嵐たちは、シンガポールから復員船に乗った。当然、メディアからもマークされていたから、日本に帰ってからのことも、軍の資料に記述されていたのである。

柳原秀樹の日記に書かれた、五十嵐隊の名前は、次の通りである。

隊長　五十嵐陸軍大尉
下士官　井岡陸軍曹長
同　渡辺陸軍伍長
同　高野陸軍伍長
同　水原陸軍伍長
兵士　十二名（十三名との報告もあり）

この人数は、日本に帰った時は、十名に減っていた。アンコールワットでの戦闘で亡くなったのだろう。生き残った兵士の名前が記入されていた。

隊長　五十嵐元陸軍大尉
下士官　渡辺元陸軍伍長
同　高野元陸軍伍長
同　水原元陸軍伍長

兵士　鈴木元陸軍上等兵
同　高橋元陸軍上等兵
同　永田元陸軍二等兵
同　浅井元陸軍二等兵
同　白石元陸軍二等兵
同　荒木元陸軍二等兵

この十人である。

その名前を手帳に書き写しながら、十津川は、ひとりで肯いていた。

十津川に続いて、亀井も、十人の名前を書き取りながら、嬉しそうに、笑顔になっていた。

「関係者ほぼ全員の名前が出てきたんじゃありませんか？　正確にいえば、彼等の祖父ですが」

と、亀井がいう。

「そうだよ。今回の一連の事件は、及川ひとみが殺されたことで、始まっているんだが、彼女と容疑者たちとの関係が、はっきりしなかった。それが、これで、はっきりした。彼等は、昭和二十年の脱走兵たちの子孫という関係だったんだよ」

「この十人に加えて、及川ひとみの祖父、柳原秀樹を並べれば、完璧ですね」

「問題は、この名簿にある名前が、間違いなく、今回の事件の関係者たちの祖父なのかどうかだな。それに、彼らの復員後、どんなことがあったのかも、しっかりと追跡しなければ駄目だ」

　十津川は、慎重な口調になって、いった。

「そうですね。及川ひとみが殺された理由も、変ってくるかも知れませんね。彼女自身の理由からではなくて、彼女の祖父の柳原秀樹が関係したことで、殺されたのかも知れませんから」

　と、亀井もいった。

「われわれも、今回の事件は及川ひとみが殺されたことから捜査を始めるのではなく、五十嵐大尉が率いる脱走兵たちが、カンボジアのアンコールワットに侵入した時から始める必要があるかも知れんね」

　五十嵐大尉に率いられた脱走兵たちのことは、柳原の日記には簡単に書いてあった。

　彼らは宮様の棺と称する荷物と一緒に、昭和二十年九月二十日の復員船で、シンガポールから出港している。日記は、ここで終わっていた。

防衛研究所の資料によると、出港の一週間後、この復員船は横浜港に入港し、陸軍省に氏名などを登録した後、それぞれ郷里に帰っていった。

宮様の一人がビルマ戦線で重傷を負い、一時は戦死したというニュースまで流れたのは事実である。

十津川は、宮様の棺というのは嘘で、その大きめの棺の中に、アンコールワットで盗んだ仏像を隠して、戦後の日本に持ち帰ったのではないか、と考えた。

柳原秀樹の日記によれば、問題の小隊は五十嵐陸軍大尉のワンマングループで、下士官の四人とともに、十人以上の兵を率いて、勝手に戦線を離脱したグループとしか思えなかった。そのグループの性格は当然、日本本土に復員してからも残っていただろうと考えてみた。

横浜で復員した彼らは、東京に移動しているが、東京の下町に住んでいた五十嵐元大尉の家族は、昭和二十年三月十日のB29の大空襲で、一家全滅していた。そのため、東京で仕事を始めようと考えていた、五十嵐の目論見(もくろみ)はうまくいかなかった。そこで彼らは、兵士の一人が静岡の旧家に生まれ育ったことから、そこで厄介になることになった。

戦後も、静岡で力を持っていた永田家である。永田元陸軍二等兵は、今回の事件で名前の出てきた、永田慶介の祖父だった。その永田家に、五十嵐大尉の一行は寄寓した。そうなると面白いもので、戦争中はワンマンで、部下の生命まで握っていた五十嵐大尉は、グループの中で、たちまち力を失ってしまったのである。

その後も、このグループは、兵士たちの中に関西や東北などで有力な家の人間がいると、二手に分かれて、そこに世話になったりしていた。やがてその有力者の子弟が、グループの中で力を持ち、一時的にボスになることもあったらしい。もはや、戦時中の階級は、意味をもたなかった。そして、日本の景気が上昇に転じると、彼らの中の振り子のゆれも大きくなっていった。

防衛研究所に残っていた資料には、五十嵐大尉たちの復員時代のことが、次のように書かれていた。

シンガポールで宮様の棺を運ぶ事を主張して、大きな棺ごと復員船に乗り込んだが、その話は結局デマで、確かにビルマ戦線で宮様の一人が、重傷を負ったのは事実だが、亡くなってはいなかった――。これがはっきりしたのは、終戦から五年後の、昭和二十五年である。

戦時中に作られた仲間は、普通、戦後の混乱期に離れ離れになり、消息さえつかめなくなるものだという。このグループは、世の中が落ち着いてくると、それぞれ自分の生れた町や育った所に散って行ったのだが、なぜかどこかで、つながっていたようだ。

彼らは珍しく戦後七十年間にわたって、関係を持ち続けた。その理由はどうやら、ひそかに東南アジアから日本本土に運び込んだ品物、これはほぼ間違いなく、アンコールワットから強奪した仏像だと思える。彼らは、それが世界的にも評価が高く、高価な仏像だと信じて疑わず、その仏像の所有権が自分たちにあると考えた。いずれ、仏像を世の中に出して、美術館や博物館、あるいは個人の愛好家に売却すれば、大金が転がり込む。その欲が、彼らを結びつけてきたに違いない。十人で日本に運び込んだと考えれば、ひとり十分の一の権利である。

ただ、彼らが、仏像は自分たちのものだと信じていたとしても、世間やカンボジア政府は、アンコールワットから強奪したものだと、非難するだろう。つまり、これは犯罪行為である。だから、グループが離れ離れになったあとも、彼ら自身はもちろんのこと、彼らの子や孫も、このことを他人には喋らなかったのだろう。同時に、誰かが抜け駆けして、仏像を売り払ったりしないように、お互いに居場所をつかんで、つながりは保っていたに違いないと、十津川は考えた。

一方、アンコールワットから、貴重な仏像が盗まれたのに、何故、カンボジアが必死で探そうとしなかったのか？　これは、カンボジアの国内事情があったものと思われる。カンボジアは一時、大量虐殺の嵐が吹き荒れた時があった。あの時、赤いクメールの政府は、むしろ歴史を否定し、仏教を、アンコールワットを否定していた。そうした事情もあったのではないか。

現在、カンボジアも落ち着いて、アンコールワットの修復を考えるようになっている。それに合わせて、十人の子孫たちも、自分たちの所有している仏像の価値を、再び考えるようになったのではないか。

では、その頃、問題の仏像は、誰が持っていたのか？　誰が預かっていたのか？

「永田慶介や渡辺かなえ、荒木たちは知らなかったんじゃありませんか？」

と、亀井が、いった。

「及川ひとみが殺されたあと、連中があわてて彼女のマンションにやってきたのは、マンションの何処かに、問題の仏像が隠されていると考えたからだと考えます。だが見つからなかった」

「その点は、同感だ。多分、最初の頃は、誰が持っていても、争いが起きると考えて、柳原秀樹が預かっていたんじゃないかと、私は思う。彼は事情を知っているし、同時に第三者でもあるからね」

「そうですね。ただ、柳原秀樹が死んだあと、どうなったのか？」

「柳原は高齢だったが、寝ついていたわけではなく、突然、死んでいるんだよ。もし柳原が仏像について、何もいわず、何処にも書き遺さなかったとすれば、柳原の死後、永田慶介たちは必死になって、仏像のありかを探したに違いない。孫の及川ひとみを、ずいぶんかわいがっていたからね。そのうちに、及川ひとみが隠したに違いないと考え、とうとう彼女を殺して、彼女のマンションを探したのだろう」

「そう考えてみると、永田慶介があのマンションを、及川ひとみと共同で購入した理由もわかりますね。彼も、及川ひとみが仏像を持っていると考えたんでしょうね」

と、亀井が、いった。

問題の仏像は、日本特別美術連盟という組織が競りに出していて、その代表者は、藤村荘介と名乗っていた。

この藤村荘介というのは、いったい何者なのか。十津川はとにかく、彼に会って話を聞きたいと思っているうちに、新聞に広告がのった。

オークション会場となっていた「グランドありま」で、問題の仏像の展示会を開くという広告だった。

主催者は、前と同じ日本特別美術連盟で、代表者も同じ、藤村荘介になっていた。

あの一件以来、問題の仏像に対する日本中の関心が高まり、どんなものか見たいという声が、多く寄せられたので、新所有者の了解を得て、もう一度、有馬温泉の「グランドありま」で一週間、展示会を開くというのである。

「何となく、臭いね」

と、十津川が、いった。

「確かに、誰かが、何か企んでいますね」

と、亀井も、いった。

兵庫県警の安藤警部からも、この催しについて、すぐ十津川に電話がかかってきた。

「兵庫県警では、この主催者が、何か企んでいると見ています」

その電話の途中で、十津川は、一人で笑ってしまった。

「実はこちらでも、同じ事を考えていたんですよ」

十津川には、誰がどんなことを企んでいるのかまでは、見当が付かなかった。その点では、兵庫県警も同じだという。企んでいるのは、主催者ではなく、仏像の所有者ということも考えられる。

前に「グランドありま」で開かれた会で競り落としたのは、ある観光会社とされていたが、今回はハッキリと、「高野観光株式会社」と名乗っていた。十津川が調べた五十嵐大尉のグループの中に、下士官が三人いたが、その中の一人が高野伍長で、調べていくと、その孫にあたる人物が、高野観光株式会社の現在の社長になっていた。

高野というのは、元々名古屋で力を持っていた旧家の出身者で、戦後になると、その力がはっきりしてきて、それまで威張っていた五十嵐大尉など、その高野家で働くようになってしまっていた。今では高野が、五十嵐隊の十人の子孫の中で、一番力のある人間なのかもしれない。だから彼が、アンコールワットの仏像を手に入れた、ということなのだろうか？

しかし何故、時間をかけ、展示会を開くことにしたのか。しかも、同じ「グランドありま」で開くのか。そこに何かあると、十津川は思い、新聞発表があるとすぐ、亀井と神戸に向かった。安藤警部と話し合うためである。

2

十津川と亀井は、兵庫県警で安藤に会った。

「二日前に、こちらで、ちょっとした動きがありました」

と、安藤が、いう。

「例の、神戸の異人館を買い取った人間がいたでしょう。高橋久という男で、IT産業で成功したと言われている男ですが、その会社が倒産して、高野観光に吸収されたんです」

「観光会社が、IT企業を買収したんですか？」

「少しばかり業種が違うような気がするんですが、これはハッキリしています。とにかく高橋久というIT会社の社長は、自分の会社を、高野観光に売り渡しています」

「多分高野という男が、問題のある会社を、あるいは問題のある人間を買収しているんですよ」

と、十津川は、いった。十津川は安藤に、一つの名簿を渡した。

「ここに十人の名前があります。隊長は五十嵐元大尉で、彼らは日本が敗北するのを見越して、軍隊を逃げ出した、脱走兵たちです。この十人がそのグループです。十一人目は柳原で、民間人に扮して、東南アジアの独立のために働いた人間です。その後、五十嵐のグループは、日本に帰ってからお互いを傷つけ合ったり、あるいは助け合ったりしながら生きてきた。戦場では五十嵐大尉がボスで、下士官と兵士達の上に君臨していたわけですが、戦後の日本に帰って来てからは、各地の有力者の子弟だった兵士の方が力を持って、逆に五十嵐大尉が、部下の兵士に使われることになったようです。

そうした変化にもかかわらず、グループが消滅しなかった理由は、今回問題になっているアンコールワットの仏像です。この仏像を持っていさえすれば、金になる。そう思ったので、彼らは離れ離れにならなかったのです。もちろん、仏像を持っていることは、世間には秘密にして、グループのメンバーが死ぬと、この秘密は、子や孫に受け継がれていきました。

問題の仏像については、本物か偽物(にせもの)かという問題もありましたし、カンボジアから奪ったのか、カンボジアが手放したのかという疑問もあります。しかし、カンボジアの政情が安定し、アンコールワットが世界遺産になったことで、この仏像は大変な価値があると言われるようになり、一層、彼らの結束が固くなりました。結束というよりも、むしろ、騙(だま)し合いといった方がいいかもしれません。何とか仏像を自分だけのものにして、それを売って大金持ちになろうとしていたのです。

資料によれば、一緒に帰って来た柳原秀樹は、終始このグループに対して、批判的な態度を取っていたようです。問題の仏像は、カンボジアに返すべきだと主張していましたが、そのうち亡くなってしまいました。一時、五十嵐大尉たちは、仏像の返還問題が持ち上がると、柳原秀樹の名前を勝手に使い、彼に預けた形にして、カンボジアに返さずに持ち続けていたともいわれています。

今回オークションにかけて、仏像の所有者はハッキリしたように見えますが、私にはとても、すっきりしたようには思えません。一週間、『グランドありま』で展示会を開くというのも、その表れではないかと思っているのです。

永田慶介が、神戸電鉄の車両の中で殺されたのも、この仏像を巡る暗闘が続いている、そのためだと見ています。永田というのは、五十嵐隊の名簿にあった名前ですが、その子孫だったので、永田慶介は殺されたんだと、私は考えています」

「県警でも、その事件を追っているんですが、未だに犯人が見つかっていません。車両の中で殺されていたというのも珍しいし、何故犯人が神戸電鉄の車内で、永田慶介を殺したのか、その理由も方法もハッキリしません」

「ひょっとすると、その犯人は、もう一度、同じような手を使って殺人を犯すかもしれませんよ」

十津川がいって、二枚の顔写真を、安藤に渡した。

「この男の名前は、高野敬一郎（けいいちろう）です。高野観光の社長で、問題の仏像を競り落として、自分の所有にした男でもあります。また、五十嵐小隊に、高野伍長として加わっていた男の孫でもあります。

五十嵐大尉の親族は、昭和二十年三月十日の東京大空襲で亡くなり、五十嵐大尉は戦後の日本に何の足場もない、弱い人間になってしまっていました。それに比べて、下士官や兵士たちの中には、それぞれの地元の有力者の子弟や関係者がいました。彼らが地元で力をつけると、五十嵐大尉を、今度は自分たちが使うようになりました。

そうして、五十嵐隊の下士官や兵士たちの世代から、その子供、孫の代になるにつれて、グループ内で大きな力を持つようになった、その一番の人間が、高野敬一郎、高野観光の社長だというわけです。彼らの間では、今まで誰が問題の仏像を持ち、あるいは手に入れるかが問題だったわけですが、ここにきて高野伍長の孫である高野敬一郎が、競り勝って阿修羅像を手に入れたことで、一応決着してしまいました。

オークションの開催に、永田慶介は反対したのだと思います。自分の取り分を要求して、そのために殺されてしまったのかも知れません。永田のほかにも、高野敬一郎が仏像を手に入れたことに反対する人間が、彼らの中にいるに違いありません。その人間を有馬温泉に呼び出して、殺してしまうのではないか、口を封じてしまうのではないかと、そんな気がしてなりません」

十津川は、いった。

3

こうした十津川たちの関心と警戒の中で、展示会が開かれた。大手の新聞に広告を出し、アンコールワットから失われた遺産という話題もあって、初日から、多くの人々が、「グランドありま」に集まってきた。

問題の仏像が売却された時には、入手したのは観光会社としか載らなかったが、今回はハッキリと「高野観光株式会社」と名前が表示された。問題の仏像の所有権について争っていたグループのメンバーが、高野観光から、それ相応の金を渡されて、黙ってしまったからだろう。高野観光社長の高野敬一郎は、それだけ自信を持っているに違いない。もし、グループの中に一人でも反対する者がいれば、永田慶介のように、この展示会の会期中に殺されるおそれがあった。

その心配が現実になったのは、展示会三日目のことだった。永田慶介と全く同じ形で、神戸電鉄の車内で殺されていたのは、占い師の渡辺かなえだった。永田慶介と同じように、駅で人々が一斉に降りた時、一人だけ座席から立ち上がらず、運転士がそばに行くと、背中を刺されて、座席に腰を下ろした状態で、死んでいるのが発見されたのである。十津川と安藤の二人が調べてみると、渡辺かなえは一人で、「グランドありま」に泊まっていた。三日目の夜、急に外出してくるとホテルを出て、神戸方向に向かう神戸電鉄に乗った。そして、次の「有馬口」駅まで行く間に、何者かに殺されてしまったのである。

当然、十津川も安藤も、今回の展示会に協力した高野観光株式会社社長の高野敬一郎を疑った。しかし、彼は渡辺かなえが殺された時刻には、「グランドありま」の特別室で、地元新聞の記者から、今回の展示会について取材を受けていた。鉄壁のアリバイだった。それでも、生田警察署で、兵庫県警の安藤警部と原刑事が、高野敬一郎の尋問をした。警視庁の十津川も、同席の上である。まず、原刑事が、きいた。

「高野さんは、今回殺された渡辺かなえさんをご存じでしたか？」

「よく存じませんが、問題の仏像に関心がおありだったことは間違いありません。今回も、改めて展示会をやる、という広告を出したら、いち早く、『グランドありま』に予約をなさったようですから」

と、いう。

「本当に、渡辺かなえさんを、ご存じじゃなかったんですか？」

今度は、十津川がきいた。

「全く存じませんでした」

「あなたのおじいさんは、戦争中は東南アジアで戦い、終戦直後、五十嵐大尉率いる小隊の下士官として、十人の生き残りの一人となって、復員されたのではありませんか？」

「確かにそういう話は聞いていますし、祖父の軍服姿の写真は残っていますが」

「その五十嵐小隊の中のもう一人の下士官に、渡辺伍長がいたんですが、その伍長さんが実は、渡辺かなえさんの祖父なんですよ。だから、あなたのおじいさんと渡辺かなえのおじいさんとは仲間だったわけです。このことは、ご存じなかったですか」

と、十津川は、きく。

「私はその陸軍伍長の孫ですが、しかしその間に父が入っていますから、ほとんど祖父のことは知らないんです。ましてや、祖父と親交があったという渡辺さんや、そのお孫さんについては、全く存じませんでした」

高野は、しれっとした顔で、いう。

「今回、問題の阿修羅像の展示会を開きましたね。あなたの高野観光が、オークションで手に入れてから間もないのに、どうして改めて同じホテルで、展示会をやろうと考えたんですか？」

「実は私が手に入れてから、大変な反響があったんです。アンコールワットの仏像を、一目でいいから、どんな物か見たいという手紙、あるいは電話が殺到しましてね。これでは、改めて展示会を開かないと大変なことになる、会社の業務にも差し支える。そう思って、今回の展示会を開くことにしたんです。それ以外、何の問題もありません」

「もう一度、展示会を開けという手紙ですが、今回殺された渡辺かなえさんからも、来ていたんじゃありませんか」

「いや、私の記憶では、渡辺かなえという人からは、そういう要望は来ていませんでしたよ」

高野が、いう。

「それはおかしいですね」

と、十津川が、いった。

「どうして、おかしいんですか？」

「渡辺かなえさんの事務所が、東京にあるんですよ。彼女の秘書の男性が留守番しているんですが、彼に電話できいたところ、渡辺かなえさんは、新しい仏像の所有者に対して電話をかけたり、あるいは手紙で、展示会を開いてくれと、何回も要望していたといっているんです。通話の録音もありましたよ」

「それは覚えていませんねぇ。そういう要望を、渡辺かなえという人が出していたかもしれませんが、私のところまでは上がって来ていないと思いますが」

「それで問題の仏像ですが、カンボジアから返還要求が来たら、どうするつもりですか」

と、安藤警部が、きく。

「一応考えますが、私としてもあの仏像には愛着がありますから、カンボジア政府と話し合い、ということになると思いますが」

「それはつまり、あくまで、自分に所有権があると主張する、そういうことですか」

十津川が、きいた。

「そういうことですね。私もあの仏像には、愛着がありますから」

4

次の日、十津川と安藤は、二人の人間が、神戸電鉄の車内で殺された事件の実況見分のため、神戸電鉄に乗ることにした。

考えてみると、十津川は今回の事件の捜査のため、神戸や有馬温泉に来ているのだが、殺人現場だと意識して、神戸電鉄に乗ったことはなかった。

「グランドありま」から「有馬温泉」駅まで、歩いて五、六分。文字どおり眼の前である。急ぐ時には、車を使うより、この電車の方が早いかもしれない。だから永田慶介も、渡辺かなえも、神戸市内に行くのに、タクシーではなくて、神戸電鉄を使ったのだろう。

有馬温泉駅で、終点の「新開地」駅までの切符を買う。駅の数は、十五。

ホームには、すでに電車が入っていた。

座席に腰を下し、行先が終点だと思うと、つい眠くなった。疲れが溜(たま)っていることもあってか、十津川は眠ってしまった。

しかし、すぐに身体(からだ)をゆすられて、眼をさました。

「もう終点ですか？」

と、きくと、安藤が笑っている。

「有馬口駅です」

「終点じゃないみたいですね？」

十津川は、車内を見廻した。終点でもないのに、乗客が、どんどん降りていく。

「有馬温泉駅の次の駅が、有馬口駅です」

「どうして、次の駅で、降りるんですか？　終点まで、切符を買ったのに」

「それが、神戸電鉄の面白いところで、有馬口駅から、有馬温泉駅まで、一区間だけの電車が走っているんです。だから、有馬口で降りて、新開地行の電車に乗りかえです」

「そういえば、どこ行きか見ませんでした」

「この電車は一区間だけで、乗りかえです」

「一駅だけの区間だったとは、この前は気付きませんでした」

と、十津川は、いってから、

「このまま乗っていたら、どうなるんですか？」

と、きいてみた。

安藤は運転士を連れてきた。運転士が、笑いながらいう。

「本来は降りて頂くのですが、運転士に気付かれなければ、乗り続けることになります」

「つまり、このまま乗っていたら、有馬温泉駅に、戻ってしまうわけですね？」

「そうなりますが――」

「ずっと眠っていたら、この車両に乗ったまま、有馬温泉駅と有馬口駅の一区間を、行ったり来たりすることになりますね？」

運転士は、十津川が、文句をいっていると思ったのか、

「お客さまの中には、どうしてこのまま、本線に乗り入れて、終点まで行かないんだとご不満に思われる方もいらっしゃいますが、今までもこうして、走ってきましたから」

「いや、文句をいってるわけじゃありません」

と、十津川は、あわてて、いってから、安藤に、

「永田慶介と渡辺かなえも、終点までの切符を買っていたんですか？」

と、きいた。

「そうです。新開地までの切符を持っていました」

「二人とも、この神戸電鉄に乗ったのは、初めてだったんじゃありませんか？」

「かも知れませんね『グランドありま』に来る時は、新神戸からタクシーで来たようですから。それに、永田慶介は東京、渡辺かなえは、横浜の出身です。神戸電鉄のことは、詳しくなかったでしょう」

「犯人のやり方は、だいたい想像がつきますね」

と、十津川が、いった。

その間に、二人を乗せた車両は有馬温泉駅に向って、走り始めていた。

永田慶介と、渡辺かなえは、「グランドありま」に泊っている時、犯人に呼び出されたのだ。

多分、犯人は、こういったに違いない。

「大事な話がある。神戸電鉄の新開地駅で待っているので、すぐ来てくれ」

今回、オークションに反対だった永田と渡辺かなえは、すぐホテルを出て、神戸電鉄の有馬温泉駅に行き、終点の新開地までの切符を買って、電車に乗り込む。

関東出身者の二人は、一駅区間を行ったり来たりする電車が、神戸電鉄にあるとは思わないだろう。

さらに、疲れて眠り、一駅区間を往復している人間は、殺しやすいに違いない。

それに、有馬口駅～有馬温泉駅間は、電車で三分である。車内で刺してから、確実に三分以内に、次の駅に着いて、逃げることが出来る。その上、死体を乗せた電車は、勝手に戻っていくのだ。

時間が三分と短いので、アリバイ作りには向かないだろうが、殺人そのものは簡単だと、十津川は判断した。

この日の夜、生田署の捜査本部で開かれた会議で、十津川は今後の捜査について、自分の考えを話した。

「今回の事件では、多くの人が死んでいます。最初、私は、どう捜査を進めたらいいかわかりませんでした。動機もわからず、容疑者も浮かんできませんでした。怪しい人間は現れるのですが、被害者と明確には結びつかないのです。そのうちに、事件の原因が戦時中にあるらしいと考え、やっと明りが見えてきたのです。全くバラバラに思えた人間たちが、祖父の時代の戦争末期に、脱走兵のグループで一緒だったとわかって、一挙に事件の全体像を把握できたのです。

彼らを監視していた、柳原秀樹というスパイ学校出身者の日記が手に入って、脱走兵のグループが、カンボジアのアンコールワットで、仏像を盗み出したことも、わかってきました。

アンコールワットの阿修羅像といわれる仏像を、彼らは盗み出し、それを宮様の棺と称して、終戦直後の日本に運び込んだのです。関係したのは十人で、それに特別任務を持つ軍人、柳原秀樹が絡んで十一人。この十一人が、問題の仏像を巡って、三代にわたって争ってきた。これが、われわれが捜査に当ることになった事件の全てなのです。

カンボジアが内戦状態になっていた時代、アンコールワットが、どうなるかわからず、連中の争いも、小休止していたのでしょうが、カンボジアが平和になり、アンコールワットが世界遺産として、脚光を浴びるようになると共に、欲望にも火がついたものと思われます。問題の仏像に、連中は勝手に何億、何十億と値段をつけ、それを自分のものにしようという争いが始まったと、私は思っています。

そのために、まず、及川ひとみが殺されました。動機は、仏像を手に入れようとする欲心でしょう。

彼女が死ねば、行方不明になっている仏像が出てくるだろうと考えたに違いありません。確かに、仏像は出て来ました。日本特別美術連盟という団体と、その代表者を名乗る藤村荘介が、突如、『グランドありま』で、問題の仏像のオークションをやるという招待状を出したのです。私が疑問視したのは、仏像を、なぜ、日本特別美術連盟という団体が持っていたのか？　その辺のところが、全くの謎でした。私としては、まず日本特別美術連盟代表の藤村荘介を訪ねて行き、その辺のところを、きくつもりです」

「相手が、正直に話すと思っているんですか？」

と、本部長がきく。

「それほど楽観的じゃありません」

「他に何を調べたいと思っているんですか？」

「オークションで、仏像を手に入れた高野観光の高野社長に、もう一度会うつもりです」

「理由は？」

と、本部長がきく。

「彼が、なぜオークションで仏像を手に入れたのか、それをきくためです」

「それは、オークションで、一番高い値段をつけたからだろう？」

「それでは、永田慶介と、渡辺かなえの二人が殺された理由が、わからなくなります」

と、十津川は、いった。

「君は、高野観光の社長が、二人を殺したと思っているのか？」

「他に、犯人はいません」

「では、その動機は？」

「もちろん、高野敬一郎が、仏像を手に入れるためです。今も申し上げたように、オークションが正しく実行されていれば、全員が納得してのことですから、二人を殺す理由はないのです」

　と、十津川は繰り返した。

「しかし、高野敬一郎には、渡辺かなえの事件の時の、アリバイがあったのではないかね？」

「高野のためなら、あるいは金のためなら、何でもやる、そういう人間が、高野の傍にはいるのではないかと、私は考えています」

「つまり、人を使って、殺させているというのか？」

「高野は、力のある観光会社の社長です。また、五十嵐隊の子孫の中には、彼の右腕のようになっている人間がいるのかもしれません」

「他に、君が気になっていることは？」

　本部長が、きく。

「最初に起きた事件、及川ひとみのことです。こちらも、犯人を見つけたいのです」

「彼女を殺せば、仏像が出てくると思った。それが動機だといったはずだよ」

「それは、間違いないと思っています」

「及川ひとみが神戸の異人館で死体で発見された直後に、六本木の彼女のマンションに、五人の男女が訪ねて行ったね。そうなると、彼らの中に、犯人がいるのではないかね？」

「もし及川ひとみが、仏像のありかを知っていたとしたら、彼女の口から、それを聞き出す前に、殺してしまうはずはありません。五人の男女が、六本木のマンションを訪れましたが、あそこには問題の阿修羅像はありませんでした。つまり、あの五人は、仏像のありかを知らなかったのですから、及川ひとみを殺したとは考えられないのです」

と、十津川が、いうと、本部長は、少し考えてから、いった。

「つまり、及川ひとみと永井清太郎を神戸で殺したのも、高野敬一郎だと、君は、そう考えているのかね？」

「高野敬一郎か、あるいは高野の右腕のような男か、それが犯人だと、私は見ています」

「及川ひとみのマネージャー、高田恵一を襲ったのも、その男だというのか？」

「高田を襲ったのも、私立探偵の持田大介を殺したのも、背の高い大柄な男だったとの証言があります。この男が、高野に命じられて、高田や持田を狙っていたとしか、考えられません」

と、十津川が、いうと、

「最後に、君に聞いておきたいことがある」

と、本部長が、いった。

「何でしょうか？」

「君自身は、問題の仏像をどうするのが、ベストだと思っているのかね？」

「もちろん、カンボジアに返すべきでしょうね。もともと日本の脱走兵が、敗戦のドサクサに乗じて、アンコールワットから盗み出して、日本に持ってきたものですから」

「それを聞いて安心した」

と、本部長が、いった。

5

十津川と亀井の二人は、大阪に本社のある高野観光に、社長に会いに出かけた。

高野敬一郎は、ご機嫌だった。何しろ鉄壁のアリバイがあるのだから。

社長室に、阿修羅像が置かれていた。

「一週間の展示が終わって、やっと私の所に戻ってきて、ほっとしています」

「将来、どうされるつもりですか？」

と、十津川が、きいた。

「確か前にも、刑事さんは、同じことをきかれましたね？」

「それが、一番大事なことですから」

「私の返事は、いつも同じですよ。カンボジア政府が返還を要求してきた時は、話し合いに応じます。それが、私の答えです」

「あっさり返還はしないということですか？」

「当然でしょう。オークションで、大金をはたいて落札したんですから。それに――」

「それに、何ですか？」

「カンボジアは、内戦で、何百万人もの国民が死んだわけでしょう？　当時の政府は仏教まで否定したわけです。その時代、阿修羅像が日本にあったから、無事だったわけで、カンボジアにあったら、破壊されたに違いないと思うのです。そのことも、考慮してもらいたいですね」

と、高野は、胸を張る。

「なるほどね」

と、十津川は苦笑した。

(理屈をいえば、際限がないな)

とも、思った。

「神戸電鉄には、よく乗られますか?」

亀井がきく。

「神戸に支社があるので、時々乗りますが、よく、というほどじゃありません」

高野は、用心深く言葉を選んでいる。

「私は、一連の事件で、初めて神戸電鉄に乗ったんですが、面白い電車ですね。そう思いませんか?」

「どこがですか?」

「有馬温泉駅で乗ると、次の有馬口駅止まりなんですよ。たった一駅区間だけを、走っているんです。あれは、面白いというか、もったいないというか」

「そうでしたかね？　私は注意して乗っていないので」

と、高野は、いう。

「その一駅区間だけを走る車両の中で、今回、二人の人間が殺されているんです。永田慶介と、渡辺かなえの二人です。今回の事件の関係者だから、ご存じと思いますが」

「前にも、渡辺かなえという人は、知らないと申し上げましたが」

「永田慶介は、どうですか？」

「いや、知りませんねぇ」

「永田慶介の祖父も、戦争中に、あなたのおじいさんと同じ、カンボジアの五十嵐小隊にいたんです。それはご存じですか」

「前にもいいましたが、祖父の代のことは、あまり聞いていないのですよ」

と、高野は、いい張る。

「今回のオークションでは、いくらで阿修羅像を落札されたんですか？」

と、十津川が、きく。

「それは、申し上げられません。当然でしょう？」

「及川ひとみという若い女優は、ご存じですか？」

「名前は知っていますが、面識はありませんね」

「その及川ひとみの死体が発見された神戸の異人館の持ち主、高橋久が社長だったIT企業も、あなたが買収されましたね？」

「ええ。向こうが経済的に困っているので、手を差しのべただけですよ」

「買収というのは形だけで、本当は、仏像を巡る口止め料なのではありませんか」

「どうして私が、高橋さんに口止め料を払わなければならないのです？」

「高橋久社長も、カンボジアの五十嵐小隊にいた、高橋上等兵の子孫なんですよ。それはご存じですね？」

「知りませんね。高橋さんも関西の出身で、同じ企業家として知っているだけです」

「そうですか」

質問はそこまでにして、二人は、観光会社を辞することにした。

「あの男は、嘘つきだ」

十津川が、歩きながら、いった。

「及川ひとみを知らないといったが、社長室の壁に、彼女と一緒の写真があった」

「それなのに、なぜ、否定するんですかね？」

「調べたいことがある」

十津川は、急に、大阪K区の税務署に足を向けた。ここ五年間にわたる、高野観光の納税額を知りたかったのだ。

十津川が、殺人事件の捜査のためといったら、やっと見せてくれた。驚いたことに、高野観光は、一度も二千万以上の収益をあげていないのだ。

一方、あの仏像は、数億円とも十億円以上ともいわれている。

毎年二千万以下の収益では、仏像のオークションに参加しても、資金不足で早々に脱落するのは、目に見えている。まして、落札するのは不可能である。

「それなら、問題の阿修羅像を落札した金は、どこから出てきたんでしょう」

と、亀井が、いった。

「正々堂々と落札する金があるなら、及川ひとみを殺したりする必要はないんだ」

と、十津川は、確認するように、いった。

「及川ひとみが仏像のありかを知っていて、それを横取りするために殺した、ということですか」

「今のところ、私は、こう考えているんだ。及川ひとみの祖父、柳原秀樹は、五十嵐たちから預かった阿修羅像を、安全な場所に隠しておいた。いつか機を見て、阿修羅像をカンボジアに返したいと考えてのことだろう。その隠し場所は、唯一かわいがっていた孫の及川ひとみにしか、教えていなかったんだ。

ところが、健康だったとはいっても、高齢の柳原秀樹は、急死してしまう。そうなると、高野敬一郎たち、仏像をカンボジアに返さずに、何億という大金を手に入れようと考える者たちは、及川ひとみを狙うようになったのだろう。及川ひとみというより、阿修羅像を狙ったといった方が、いいかもしれないがね」

「阿修羅像のありかを知っているのは、及川ひとみだけなのですから、同じことになりますね」

　と、亀井が、納得したように、いうと、十津川が、推理をつづけた。

「そういうことになるね。多分、及川ひとみは、これまで高野たちの追及を、どうにかこうにか、かわしてきたのだろう。でも、それにも限度がある。いよいよ、仏像の隠し場所がバレそうになってきたのだと思う。

　そこへ入ってきたのが、やはりグループの子孫である、ＩＴ企業の高橋久社長が、愛人のために、神戸の異人館を買おうとしているという話だったんだ。そこが、仏像の隠し場所として、うってつけだと勧められたんだよ。西洋風の異人館に、カンボジアの仏像があるとは、誰も思わないからね」

「誰が、及川ひとみに、その話を勧めたんでしょうか」

「及川ひとみと一緒に殺されていた、永井清太郎が、その話を持ってきたと、私は考えているんだ。永井は、京都の実業家だから、自然に神戸の話も聞こえてきたかもしれないし、美術商という仕事もあって、及川ひとみは、仏像の保存や運搬について、彼を頼っていたのではないかね。もちろん、問題の仏像のありかまでは、彼にも話していなかったはずだ」

「及川ひとみは、仕事先の横浜のホテルから姿を消して、神戸の異人館のプールで、死体となって発見されました。この間に、いったい何があったというのでしょう？」

と、亀井が、きく。

「高野たちの動きがおかしい、仏像の隠し場所がバレそうだ、といった情報が、永井清太郎から、及川ひとみに入ったのではないかね。それで、及川ひとみは、取るものもとりあえず、神戸に向かった。もちろん、阿修羅像の無事を確認して、異人館が新しい隠し場所によさそうだったら、急いで移動の手筈を整えるためだ」

「つまり、阿修羅像は、もともと神戸にあったんですね？」

「神戸か、そうでなければ、あの近くだろうね。及川ひとみの動きや、異人館へ仏像を移す計画を見れば、そう考えるしかないんだ。高野たちに気付かれないように、こっそり仏像を動かすとすれば、そんなに長距離の移動は難しいからね。

ところが、及川ひとみの行動は、やはり高野たちに監視されていたに違いない。及川ひとみと永井清太郎は、高野か、彼の右腕のような男に殺された。そして、阿修羅像は、彼らの手中に落ちてしまったんだ」

「まだ一つ、分からないことがあります。永井清太郎は、及川ひとみか高野敬一郎か、どちらについていたのでしょうか？」

と、亀井が、きくと、十津川は首を振って、

「それは、私にも分からないんだ。及川ひとみの味方だったのか、それとも、本当は高野の側についていて、及川ひとみを騙して、仏像のありかを聞き出そうとしていたのか。いずれにしても、口封じのために殺されたのは、間違いないだろうね。もちろん、カンボジアで殺された白石准教授も、東京駅で刺殺された私立探偵の持田大介も、どちらの事件も、高野たちの仕業に違いない」

「高野たちが、阿修羅像の隠し場所をつかんで、手に入れたとしたら、オークションに出品したのも、彼らだということになりますね」

「私も、そこをハッキリさせたいと思っているんだ」

阿修羅像が、オークションに出た経緯を確認するために、十津川と亀井は、東京に急遽、戻ることにした。

「日本特別美術連盟の藤村に会う」

と、十津川がいうと、亀井は、

「しかし、住所も電話番号も、わからないでしょう？」

「いや、連中の乗っていた車のナンバーを、覚えておいたから大丈夫だ」

と、十津川が笑った。

十津川は、東京に着くと、運輸局で、覚えていたナンバーを調べて貰った。その結果、藤村荘介の住所がわかった。

四谷のマンションである。

すでに深夜だったが、十津川と亀井は、そのマンションに押しかけた。

ドアが開いて、顔を出した藤村は、一瞬、顔色を変えたが、すぐ覚悟して、

「どうぞ」

と、二人の刑事を、中に招じ入れた。

それでも、なかなか口を開こうとしない。

そこで、十津川が、

「大阪で、高野観光社長に会って来ましたよ。あのオークションが、出来レースとわかりましたよ。高野社長が自分で仏像を出品して、自分で落札した。それなら、どんな高額な値段でもつけられますからね」

と、いうと、藤村は、急に表情を柔らげて、

「そうですか。それで、警察は、私をどうするつもりですか？」

「あなたや、日本特別美術連盟を、どうこうしようという気はありません。多分、高野敬一郎から、あの仏像をオークションに出す準備をするようにと、依頼されただけでしょうから」

「しかし――」

「高野社長から預かった仏像を、オークションの場を作って、世間の目の前で、高野観光社長に引き渡した。そうすれば、高野社長は、どこの誰にでも、正々堂々と高値で売れるようになりますからね。そういう想像はついていますが、今は、あなたに頼みたいことがある」

「どんなことですか？」

「私は、今回の一連の事件で、殺人まで犯したのは、高野敬一郎だと思っているんです。実際に手を下したのは、高野の右腕のような男かもしれないが、命じたのは、高野に違いない。ただ、今のところ、証拠はない。そこで、私はまず、あの仏像を、アンコールワットに戻したい。その手伝いをしてもらいたいのです」

「つまり、私に、高野を騙せ、というのですか？」

「了承してくれなければ、高野敬一郎の共犯として、あなたを逮捕しても構わないのですよ。少なくとも、出来レースのオークションについては、詐欺（さぎ）ということになります。参加者一人あたり、二十万円もの参加料を騙し取っているのですからね」

「かなわないな」

　と、藤村は呟いてから、

「私は、何をすればいいんですか？」

「高野敬一郎は、いくらで、あの仏像を落札したことになっているんですか？」

「五億円です」

「高野は、このあと、仏像を、どうしようと考えているんですか？」

「もちろん、何とか高く売るつもりですよ。仏像を拝むなんて気は、彼にはありませんから。高く買ってくれるなら、日本の愛好家でも、海外の美術館でも、カンボジア政府でも、どこでもいいでしょう」

「それなら、十億円で買い手がついたと、彼に伝えて下さい」

「本当ですか？」

「あなたの言葉なら、信じるでしょう？」

「多分」

「買い手の名前は、スン・ウー。住所はTホテル内です」

「スン・ウーというのは、どういう人ですか？」

「それは、あなたは、知らなくてもいいことだ」

「他には？」

「このスン・ウーという人は、体面を重んじる人で、十億円という金額は、内密にしてもらいたいといっているので、そのことは、心得ているように」

「他にも、ありますか？」

「今のところは、それだけです」

と、十津川は、いった。

藤村と別れたあとで、亀井が、

「高野は、食いついてくるでしょうか？」

と、きくと、十津川は笑った。

「まあ、見ていよう。私は、高野敬一郎は、絶対に、この話に食いついてくると思っている。そして、高野たちは、この何十年もの間、仏像と、それを売って手に入る大金を巡って、いろいろと動いてきたんだ。いったん高野の手に落ち着いた仏像が、また動き始めれば、高野や彼の右腕の男、あるいは五十嵐隊の子孫たちが、文句をいったり、争ったりを、再び始めるに決まっている。そうなれば、一連の事件の証拠や証言が、きっと出てくるはずだよ」

翌日、さっそく藤村が、大阪の高野敬一郎に、電話をかけた。

高野は、十億円の話に飛びついた。

藤村の言葉を信じた高野は、すぐ、仏像を厳重に荷造りして、Tホテル内のスン・ウー宛てに送った。

翌日、そのスン・ウーから、高野敬一郎に電話が入った。

「私は、カンボジア国民を代表して、あなたに深く感謝いたします。アンコールワットの仏像が無償で返還されたことは、誠にありがたく、これ以上の喜びはありません」

「十億円も、お忘れなく」

と、高野が、いった。

「わかっております。アンコールワットの修復にも、十億円の寄付をいただけると聞き、感謝いたします」

「寄付というと？」

「カンボジアは貧しく、アンコールワットの修復も、寄付に頼っております。十億円の寄付をいただければ、修復も大いに進むでしょう」

「十億円の寄付じゃありませんよ。仏像の値段です。仏像が十億円です」

「よくわかっております。傷のついた仏像の修復にも、お金が必要です。今後とも、よろしくお願いいたします」

「今後じゃなくて、今すぐ十億円払って下さいよ」

「今すぐ、十億円の寄付をいただけるんですか？」

「違いますよ。昨日送った、仏像の値段です。それを払って下さいと、いってるんですよ」

「送って下さった仏像は、確かに傷(いた)んでいます。だから、その修復に十億円を送って下さる。ありがたいことです。そこまでしていただかなくても、修復には、我が国にも専門家がいますので、十億円は、アンコールワットの参道の整備に使わせていただきたいのですが――」

「寄付じゃないんだよ。仏像の値段なんだよ。現金で十億円だ。すぐ、払って下さいよ」

「寄付は、現金ではなく、銀行振込みが簡単です。今から、こちらの銀行口座の番号を申しあげます。メモのご用意は、いいですか――」

「勝手にしろ！」

この作品は二〇一六年一月新潮社より刊行された。

西村京太郎記念館

〈1階〉 茶房にしむら
サイン入りカップをお持ち帰りできる京太郎コーヒーや、ケーキ、軽食がございます。
〈2階〉 展示ルーム
見る、聞く、感じるミステリー劇場。小説を飛び出した三次元の最新作で、西村京太郎の新たな魅力を徹底解明！

〒259-0314 神奈川県足柄下郡湯河原町宮上42-29
TEL:0465-63-1599 FAX:0465-63-1602

■交通のご案内
◎国道135号線の千歳橋信号を曲がり千歳川沿いを走って頂き、途中の新幹線の線路下もくぐり抜けて、ひたすら川沿いを走って頂くと右側に記念館が見えます。
◎湯河原駅よりタクシーではワンメーターです。
◎湯河原駅改札口すぐ前のバスに乗り〔湯河原小学校前〕で下車し、バス停からバスと同じ方向へ歩くとパチンコ店があり、パチンコ店の立体駐車場を通って川沿いの道路に出たら川を下るように歩いて頂くと記念館が見えます。
●入館料／820円(一般·飲物付)
310円(中·高·大学生)·100円(小学生)
●開館時間／AM9:00～PM4:30 (入館は PM4:00まで)
●休館日／毎週水曜日(水曜日が休日となるときは、その翌日)
年末年始 (12月29日～1月3日)

神戸電鉄殺人事件

新潮文庫　に－5－35

平成三十年三月一日発行
令和二年二月五日四刷

著者　西村京太郎

発行者　佐藤隆信

発行所　株式会社新潮社

郵便番号　一六二―八七一一
東京都新宿区矢来町七一
電話　編集部(〇三)三二六六―五四四〇
読者係(〇三)三二六六―五一一一
http://www.shinchosha.co.jp

価格はカバーに表示してあります。

乱丁・落丁本は、ご面倒ですが小社読者係宛ご送付ください。送料小社負担にてお取替えいたします。

印刷・大日本印刷株式会社　製本・加藤製本株式会社

ISBN978-4-10-128535-1 C0193